Für Jutta,

mein spätes Glück

Bibliografische Information der Deutschen Nationalbibliothek: Die Deutsche Nationalbibliothek verzeichnet diese Publikation in der Deutschen National-bibliografie; detaillierte bibliografische Daten sind im Internet über www.dnb.de abrufbar.

Bild auf der vorderen Umschlagseite
von Beatrice Blome

Herstellung und Verlag:
BoD – Books on Demand, Norderstedt

ISBN 9783734734571

MIX
Papier aus verantwortungsvollen Quellen
Paper from responsible sources
FSC® C105338
FSC
www.fsc.org

Götz Blome

Ein glücklicher Mensch

ROSTA

Es war wieder einmal Zeit, mich zurückzuziehen und nach innen zu horchen. Also machte ich mich auf den Weg in die Berge, zu meinem alten Onkel Rosta. Er lebte allein in einem kleinen Haus aus grauen Steinen, umgeben von wildem Gestrüpp und alten Bäumen. Dort war die Zeit stehen geblieben, seit er vor Jahren nach dem Tod seiner Frau hinauf gezogen war. Es gab kein Telefon, kein Radio, kein elektrisches Licht. Von Zeit zu Zeit stieg er zur Stadt hinunter, um Lebensmittel  zu kaufen und am Hafen bei einem Glas Rotwein das Treiben der Menschen zu beobachten. Manchmal setzte ich mich zu ihm.

„Weißt du", hatte er mir einmal anvertraut, „meine eigentliche Heimat liegt nicht in dieser Welt. Ein Dichter hat es so ausgedrückt: ‚*Mein wirkliches Herz schlägt anderwärts*‘ *. Das ist es. Eigentlich bin ich nur selten wirklich dort, wo ich gerade bin, im Gegensatz zu den normalen Menschen, die im Hier und im Jetzt leben und für die immer alles klar ist. Deshalb habe ich mich in ihrer Gesellschaft oft so fremd und gelangweilt gefühlt. Du bist ähnlich."

Ich hatte Onkel Rosta von Zeit zu Zeit besucht, denn ich mochte ihn sehr. Er war ein alter Kauz dort oben geworden. Seine rostroten Haare, denen er seinen Namen verdankte,

---

* Joachim Ringelnatz

4

hatten dem Alter getrotzt und nur wenig von ihrer Farbe verloren, und in seinem faltigen Gesicht funkelten noch immer diese ironischen, schwarzen Augen. Wir hatten viel über das Leben philosophiert und oft zusammen geschwiegen.

Ja, von Zeit zu Zeit zieht es mich hinauf - zu den Wolken, zum Wind, zum fernen Horizont, zur Stille, in der ich die Unendlichkeit rauschen höre, zu einem Menschen, mit dem ich mich ohne Worte verstehe.

So stieg ich gegen Abend über den versteckten, steinigen Weg zu ihm hinauf. Die Grillen sangen ohrenbetäubend, und die Sträucher dufteten würzig. Als ich erhitzt und müde bei seinem Haus ankam, brach gerade die Nacht herein, und ich wunderte mich, dass alle Fenster dunkel waren. Ich öffnete die Tür zu dem großen Raum, in dem Rosta sich aufzuhalten pflegte, und rief nach ihm. Aber ich bekam keine Antwort. Es war merkwürdig still. Auch von Cato, seinem kleinen Hund, war nichts zu hören.

Eine Ahnung überfiel mich.

Als ich mich in der Stube umsah, entdeckte ich auf dem alten, blank gescheuerten Tisch ein kleines Buch. Es war in blaues Leder gebunden, das an manchen Stellen speckig geworden war. Offenbar hatte Rosta es oft in der Hand gehabt.

Ich wusste sofort, dass er dieses Büchlein für mich dort hingelegt hatte, und zugleich wurde mir klar, dass ich ihn nie wiedersehen würde. Denn ich erinnerte mich sogleich daran, dass er mir eines Tages in beschwörendem Ton anvertraut hatte, irgendwann, wenn seine Zeit gekommen sei, werde er ohne Abschied verschwinden, und niemand dürfe nach ihm suchen. Ich musste es ihm versprechen.

Das Büchlein habe ich in jener Nacht, in der der Himmel von Sternen übersät war, vor dem Haus beim Licht der alten Petroleumlampe gelesen. Dabei hatte ich eine Vision: Ich sah meinen Onkel an jenem Tag, an dem er wegging.

Da sitzt er in diesem Raum und betrachtet das Essen auf dem Tisch vor sich: ein Stück Brot, eine Tomate, ein Stück Käse, eine halb leere Flasche mit rotem Wein und ein Krug mit frischem Wasser. Ein richtiges Stillleben. Ein Messer liegt auch dabei, eine alte, von tausendfachem Schärfen schmal gewordene Klinge mit einem glänzenden Holzgriff. Dieses Messer ist ein treuer Freund, es hat ihn sein Leben lang begleitet. (Ich habe es überall vergeblich gesucht.) Er kann sich nicht dazu aufraffen, etwas zu essen, obwohl er alles so sorgfältig hingelegt hat. Er blickt über den Tisch hinweg durch das große Fenster: da ist die abschüssige Wiese mit dem gelb gewordenen Gras, zwei alte Vogelbeerbäume, die einen Mantel aus grauem Moos tragen - rote Beeren leuchten darin - und weiter in der Ferne die dunstig-blaue Bergkette.

Die Vogelbeeren werden rot, also ist der Sommer vorbei, denkt er. Jetzt kommt der Herbst mit den kühlen Nächten und den klaren Tagen, und alles leuchtet wieder so bunt. Unten am Fluss werden morgens die Nebel hängen und die Welt unwirklich machen.

„Der Sommer ist vorbei", sagt er laut zu Cato, der unter dem Tisch schläft. Er spricht oft mit ihm. Früher konnte er, wenn ihm danach war, mit seiner Frau reden, aber sie ist ja seit langem - seit wann? - nicht mehr am Leben. Er muss immer wieder nachrechnen, denn das Zählen der Zeit und das Denken in Zahlen waren ihm immer schon schwergefal-

len, und zuletzt hat es in seinem Leben auch keine Rolle mehr gespielt. Es gibt für ihn nur noch Lebensepochen, Ereignisse und Gefühlserinnerungen.

So sitzt Onkel Rosta vor seinem Stillleben. Ein Windstoß öffnet plötzlich die Tür in seinem Rücken. Man hört es kaum. Das ist ungewöhnlich, denn sie pflegt sonst immer in einem Scharnier zu quietschen, wenn sie sich bewegt. Er dreht sich nicht um, aber er weiß, dass jemand hereingekommen ist. Schweigend blickt er weiter in den fernen Himmel hinter den Bergen. Auch der Hereingekommene sagt kein Wort. Onkel Rosta hört, wie sich die Tür in einem weiteren Luftzug wieder schließt. Cato hebt den Kopf und winselt. Dann herrscht wieder Stille in dem dämmerigen Raum.

„Setz dich zu mir, ich habe dich erwartet. Ich weiß, dass du seit einiger Zeit draußen herumwanderst."

Minuten vergehen, dann setzt sich der Besucher dem alten Mann gegenüber an den Tisch. Er ist auch schon alt - uralt würde man sagen. Zeitlos, das wäre auch noch eine passende Beschreibung für ihn.

Aber was ist zeitlos? Jener Zustand, in dem es kein Ende gibt, das ja die Folge der Zeit ist? Ist Zeitlosigkeit Ewigkeit? Das Nicht-Menschliche? Denn als Menschen sind wir auf Vergänglichkeit ausgerichtet. Wir sehen nach vorn und wir sehen nach hinten, und nur selten sehen wir das, was jetzt und wirklich und ewig ist. Nur im Jetzt gibt es Ewigkeit: wenn alles in einem zeitlosen Augenblick zusammenfindet und Zukunft und Vergangenheit aufgehoben sind. Zeit bedeutet auch Tod, aber hinter dem Tod steht die Zeitlosigkeit.

Diese seltsame Zeitlosigkeit des Besuchers und sein gütiger, wissender Blick erzeugen eine außergewöhnliche Stimmung, die etwas Heiteres an sich hat. Mein Onkel spürt, wie ihn eine wunderbare Leichtigkeit erfasst, und er denkt: Ich könnte jetzt wie ein Schmetterling davon schweben.

Mit diesem Wohlgefühl erwacht auf einmal sein Appetit, und er greift nach dem Brot und dem Messer.

„Möchtest du auch etwas?", fragt er seinen Besucher.

Doch der macht eine leichte, verneinende Bewegung mit dem Kopf. „Ich gehe ein bisschen spazieren," sagt er, „ich will dich nicht beim Essen stören. Bis später." Und so schnell, als hätte er sich in Luft aufgelöst, hat er das Zimmer verlassen.

Rosta füllt sein Glas zur Hälfte mit dem dunklen Wein und zur Hälfte mit Wasser, dann teilt er die Tomate in mehrere Scheiben, schneidet ein Stück Brot und etwas Käse ab und beginnt zu essen.

Seltsam, dass ich auf einmal diese Lust darauf bekommen habe, denkt er.

Er nimmt einen Schluck und setzt sich bequemer zurecht. Sein Blick geht wieder in die Ferne. Er sieht, dass sich die dunkelblauen Konturen der Berge violett zu verfärben beginnen, und seine Gedanken fliegen hinaus, dorthin. Eine tiefe Sehnsucht erfüllt ihn, auch dort zu sein, wo alles so unwirklich ist.

Bilder von der glücklichen Zeit tauchen auf, als seine Frau noch bei ihm war. Es hatte so plötzlich geendet. Wieder muss er an ihren Tod denken. Obwohl es schon Jahre her ist, erscheint es ihm noch immer, als sei es gerade erst geschehen.

Ich war dabei, als sie damals nach dem schweren Unfall starb. Ein Auto hatte sie erfasst, als sie die Straße überqueren wollte. Wir standen auf der anderen Straßenseite – Onkel Rosta und ich – und erwarteten sie. Niemand bemerkte das heranrasende Auto. Ich sehe Asta noch heute deutlich vor mir, wie sie auf uns zu ging, und in ihrem Gesicht leuchtete dieses immer vergnügte Lächeln, bei dem man unwillkürlich gute Laune bekam.

Das Auto schleuderte sie zu Boden, die Leute schrieen auf. Wir rannten auf die Straße zu ihr. Sie lag still auf dem Rücken, sehr blass, und aus ihrer Nase rann ein dünner Faden Blut. Onkel Rosta kniete neben ihr nieder. Da öffnete sie die Augen, und ich sah, wie sich ihre Lippen bewegten. Rosta beugte sich zu ihr hinunter, lauschte und nickte leicht.

"Ich rufe einen Krankenwagen und den Notarzt", rief ich ihm schockiert zu. Onkel Rosta reagierte einige Sekunden nicht darauf und blickte nur unverwandt auf Asta. Dann schüttelt er auf einmal den Kopf und sagte "Nein". Das war so leise gesprochen, dass ich es nicht richtig verstand und fragte: "Was hast du gesagt?"

"Nein, keinen Krankenwagen!" entgegnete er laut und bestimmt.

Er setzte sich, so wie er war, neben Asta auf die Straße, bettete behutsam und sanft ihren Kopf in seinen Schoß und legte ihr die Hand auf die Stirn. Die Leute, die Zeuge des Unfalls gewesen waren und aufgeregt durcheinander gerufen hatten, verstummten plötzlich, als sie dies sahen. Ich erinnere mich, dass sie spontan eine Art Halbkreis bildeten, als wollten sie die beiden beschützen. Lange herrschte eine andachtsvolle Stille, in der man nur hörte, wie Onkel Rosta ganz leise etwas murmelte.

Plötzlich bäumte Asta sich auf und öffnete weit den Mund, als wollte sie etwas rufen. Dann ging ein Schütteln durch ihren Körper und ihr Gesicht wurde ganz bleich – totenbleich -, und wir alle wussten, dass sie soeben gestorben war. Onkel Rosta verharrte noch einige Minuten in seiner Stellung, zog seine Jacke aus und legte sie unter Astas Kopf. Er war ebenfalls ganz bleich und sah zu mir mit einem Blick auf, als sei ihm alles fremd.

"Jetzt kannst du den Krankenwagen rufen". Die Umherstehenden erwachten wie aus einer Lähmung und redeten leise miteinander. Ich hörte die Sirenen des Wagens, der anscheinend bereits von anderen Passanten alarmiert worden war.

Als wir später über Astas Tod sprachen, erklärte mir Onkel Rosta: "Ich wusste sofort, dass Asta sehr schwer verletzt war. (E war früher Arzt gewesen.) Man hätte sie vielleicht irgendwie am Leben erhalten können, aber sie wollte nicht. ‚Bitte nicht in die Klinik', waren ihre letzten Worte."

Rosta zog tief die Luft ein und schloss für einige Sekunden die Augen. Dann fuhr er fort: „Wir haben mehr als einmal über unseren Tod gesprochen, und Asta hat mich gebeten, wenn es irgend möglich wäre, dafür zu sorgen, dass sie in Frieden und Würde sterben könnte. ‚Keine Wiederbelebung! Wenn ich drüben bin, will ich drüben bleiben', hat sie immer wieder betont. ‚Ich brauche nicht gerettet zu werden, denn ich kann ja nicht wirklich verloren- oder untergehen. Und: ist es denn so schlimm, nicht mehr hier in dieser Welt zu sein, wo es doch so viele andere Welten gibt, die auf uns warten?'

Ich bin froh, dass der Krankenwagen erst so spät gekommen ist. Es wäre schwierig geworden, die Rettungsversuche zu verhindern. Ihr Sterben wäre entweiht worden. - Aber trotzdem...", seine Stimme wurde brüchig und seine Augen bekamen einen Glanz von Tränen. Er rang einige Sekunden um Fassung, „man sieht, wie es ist und kann es trotzdem nicht fassen. Immer wieder erleben wir, dass alles irgendwann zu Ende geht, und trotzdem verstehen wir es nicht in seiner wirklichen Bedeutung.

Irgendwie war ich aber unterbewusst auf Astas Tod vorbereitet, obwohl es eigentlich keinen Grund dafür gab. Denn sie war ja, wie es so schön heißt, „gesund und munter". Vielleicht war es diese seltsame Bemerkung, die sie einige Tage zuvor gemacht hatte, als wir auf der Terrasse saßen und den Sonnenuntergang beobachteten.

Da sagte sie plötzlich: ‚Oh, ich bin so glücklich! Mein Leben ist so schön und ich bin so gern mit dir zusammen! Eigentlich müsste ich jetzt auf der Stelle sterben, denn dann könnte ich mein ganzes Glück mit mir nehmen. Heißt es nicht, dass man auf dem Höhepunkt abtreten soll? Ich kann mir nicht vorstellen, dass es noch schöner werden könnte. Neulich stieß ich wieder auf das Gedicht von Rilke:

> *O Herr, gib jedem seinen Tod.*
> *Das Sterben, das aus jedem Leben geht,*
> *darin er Liebe hatte, Sinn und Not.*
> *Denn wir sind nur die Schale und das Blatt.*
> *Der große Tod, den jeder in sich hat,*
> *das ist die Frucht, um die sich alles dreht.*

Ja, mein Tod wäre jetzt so eine Art Paradiesapfel, eine süße und herrliche Frucht. Liebe gab es reichlich in meinem Leben, und nie kam es mir vor, als ob es sinnlos wäre, und die Not, von der er schreibt und die er, glaube ich, reichlich kennengelernt hat, habe ich einfach nicht zugelassen. Na ja, gelegentlich gab es Probleme, aber ich habe sie nie so ernst genommen, dass sie mir die Freude am Leben verderben konnten. Denn auf die kommt es doch letztlich an. Mein Motto war immer: *Glücklich ist, wer vergisst, was doch nicht zu ändern ist.* Manchmal habe ich das Gefühl, als könnte ich einfach leicht und unbeschwert davonfliegen.' "

Ein angedeutetes Lächeln erschien bei dieser Erinnerung auf Rostas Gesicht, und nach einer kurzen Pause fuhr er fort: „Heute scheint es mir oft, als ob Asta ihren Tod geahnt hat. Als das Auto sie erfasste, erinnerte ich mich sofort an ihre Worte. Vorher aber war für mich der Gedanke an ihren Tod –

wie übrigens auch an meinen - eher theoretisch. Wir wissen zwar alle, dass wir irgendwann sterben müssen, und leben doch jeden Tag so, als ginge es immer noch weiter. – Irgendwie verrückt!"

„Aber das ist doch normal!" erwiderte ich. „Wie sollten wir denn weiterleben können, wenn wir dauernd an den Tod dächten?"

„Wäre das wirklich so schlimm?" fragte Rosta. „Müssen wir tatsächlich die Wahrheit ausblenden, um leben zu können? Oder betrügen wir uns damit nicht um etwas Wesentliches? Macht Verdrängung stark oder schwach? Was meinst du?"

Wieder waren wir ins Philosophieren gekommen.

„Ich denke, sie hilft uns zu überleben," antwortete ich. „Wenn du auf einer sehr schmalen Brücke einen sehr tiefen Abgrund überqueren willst, darfst du nicht nach unten schauen und dir klar machen, wie tief und gefährlich es ist. Dann heißt es, sich nur auf den nächsten Schritt zu konzentrieren und alles andere zu verdrängen."

Rosta gab sich damit nicht zufrieden: „Und was würde passieren, wenn du das nicht tun würdest, wenn du dir der Gefahr auf der Brücke ganz bewusst wärst?"

„Da müsstest du schon sehr kaltblütig sein, um nicht abzustürzen. Oder total schicksalsergeben. Aber wer ist das schon?"

„Ja," pflichtete er mir bei, „wer ist schon in der Lage, mit offenen Augen, ohne Scheuklappen und in voller Bewusstheit durchs Leben zu gehen!"

Plötzlich beugte er sich abrupt vor und sah mich durchdringend an: „Wie wäre es, wenn wir den genauen Zeitpunkt unseres Todes kennen würden? Wolltest du das?"

Seine Frage erschreckte mich. Einen Moment lang war mir, als hätte man mir mein Todesurteil mitgeteilt.

„Nein, auf keinen Fall!" wehrte ich ab. „Wie sollte ich dann noch weiterleben können? Immer den Tod vor Augen!"

Rosta nickte zustimmend: „Ja, ich weiß auch nicht genau, ob ich das könnte. Aber ich würde es mir wünschen. Denn wir wissen doch, dass unser Tod uns ständig begleitet. Wir schauen nur nicht hin. Und so überrumpelt er uns dann irgendwann und irgendwie. Wenn ich aber bedenke, dass wir Menschen uns von der übrigen Schöpfung vor allem dadurch unterscheiden, dass wir um unsere Sterblichkeit wissen, dass wir über unseren Tod hinaus denken können, erscheint mir das als ein großes Privileg, das wir nicht nützen. Wenn ich wüsste, wann ich sterben werde, hätte ich zwei Möglichkeiten: ich könnte mich so sehr davor fürchten, dass ich mit meinem Leben nichts mehr anfangen könnte und es gewissermaßen schon im Voraus aufgeben würde, oder ich könnte im Gegenteil die gegebene Zeit zu etwas Sinnvollen nützen, statt sie mit Dummheiten zu vergeuden.

Irgendwo in der Bibel heißt es:

Herr, lehre uns zu bedenken,
dass wir sterben müssen,
auf dass wir klug werden.

Eigentlich werden wir immer, wenn wir mit dem Tod – dem eigenen oder dem anderer Menschen - konfrontiert werden, ein bisschen klüger, bewusst oder unbewusst. Wir können uns dieser Wirklichkeit nicht entziehen. Denke doch nur, wie es ist, wenn wir unser Leben bedroht sehen: dann wird alles andere nebensächlich, und die Auseinandersetzung mit dem Tod tritt in den Vordergrund unseres Bewusstseins, sei es, dass wir uns mit aller Kraft gegen ihn wehren, sei es, dass wir mit aller Weisheit versuchen, mit ihm Frieden zu schließen. Alles aber, was uns sonst so wichtig erscheint, verliert seine Bedeutung und tritt in den Hintergrund. Es ist wie im Theater, wenn sich die Kulisse hebt und dahinter ein neues, jetzt passenderes Bild erscheint. Auch Astas Tod hat mich etwas klüger gemacht, denn ich musste ja irgendwie so damit zurechtkommen, dass das Leben seinen Sinn behielt und ich weiterleben konnte."

Rosta verstummte wieder und starrte in die Ferne. Nach einigen Minuten des Nachdenkens erklärte er: „Wenn ich es recht bedenke, wünsche ich mir doch, dass ich den Zeitpunkt meines Todes kennen würde und dieses Wissen ohne Furcht und umsichtig nützen könnte. Aber kein Mensch kann voraussagen, wie er in einer bestimmten Situation reagieren wird. Wir können nur versuchen, uns klug darauf vorzubereiten."

Das klingt zwar gut, dachte ich, und wollte Rosta schon fragen, wie das denn gehen solle, als er erläuternd fortfuhr:

„Dabei macht es natürlich einen großen Unterschied, ob man den Tod einfach als das Ende von allem oder als Erlösung von einem zu mühsamen oder unerträglichen Leben oder als Wechsel in eine andere, weiterführende Existenz (wie auch immer diese aussehen mag) sieht. Sein oder Nichtsein, oder besser: Ende oder Anfang – das ist hier die Frage.

Ich versuche immer wieder, jenen inneren Zustand zu erreichen, in dem ich fähig wäre, alles loszulassen, und wenn mir das gelingt, sehe ich mich wie auf einer Wanderung, die mich von einer Landschaft in eine andere oder ganz ruhig und natürlich aus dieser Welt in eine andere führt.

Damals, als ich noch Arzt war, habe ich beobachtet, dass jene Kranken, denen es gelang, innerlich loszulassen und für alles bereit zu sein, schneller gesund wurden oder zumindest friedlicher starben als jene, die verzweifelt mit allen Mitteln gegen die Krankheit kämpften. Eine Patientin sagte mir einmal, als sie wieder gesund geworden war: „Am meisten haben mir Ihre Worte geholfen: ,*Lassen Sie geschehen!*‘ “

Ach, wie fehlen mir diese Gespräche mit Rosta! Wie gerne habe ich mit ihm gerade über jene Fragen diskutiert, die wir nicht endgültig beantworten konnten und die doch ständig im Hintergrund stehen. Ich erinnere mich oft an seine langen Monologe, die mir viel zu denken gaben. Manches davon konnte ich allerdings nicht nachvollziehen, aber er war ja auch viel älter als ich.

Eines Tages fragte ich ihn, was das Bild mit der halben Gitarre bedeute, das er in seinem Schlafzimmer aufgehängt hatte.

„Das ist in Wirklichkeit ein Selbstbildnis,“ erklärte er. „Ich habe es gemalt, als Asta noch lebte.

Das war eine schöne Zeit, und ursprünglich war die Gitarre natürlich ganz. Aber als Asta starb, ging ein Teil von mir mit ihr. Ein „Ewigkeitsgefühl" – so nannte ich es für mich – erfüllte mich, das mich immer näher an den großen, dunklen Abgrund zog.

Damals habe ich eine Hälfte der Gitarre übermalt, weil ich das Empfinden hatte, als sei auch ich nur noch zur Hälfte in dieser Welt."

Rosta sah kurz auf den Boden, um sich zu fassen. Dann erzählte er weiter: „Ich will dir nicht im Einzelnen berichten, wie es mir danach ging. Jede Nacht irrte ich hinaus, streifte durch die Wälder und hoffte, dass mir irgendetwas zustoßen würde, das mich erlösen würde. Doch es geschah nichts, ich wurde nicht überfallen, brach mir nicht das Genick, fiel nicht tot um. Meine Tränen halfen nicht, der Wein ließ mich die Welt nicht rosiger sehen, und die Ablenkungen, die ich suchte, erwiesen sich als wirkungslos. Ich hatte das Gefühl, als sei ich plötzlich grundlos aus der menschlichen Gemeinschaft ausgestoßen worden, als hätte sich die ganze Welt von mir abgewendet, als gehörte ich nirgends mehr hin. Ich sah mich als Schiffbrüchigen in einem kleinen Boot auf einem weiten Ozean treiben – einsam und bis in alle Ewigkeit.

So vergingen lange, schwarze Monate. Aber wie sagt man? *Die Zeit heilt alle Wunden.* Das tut sie natürlich nicht, aber sie gibt unserer Seele den für die Heilung nötigen Raum.

Dann gab es in meinem Inneren kurze Momente, in denen irgendwo ein winziges Licht aufleuchtete. In solchen Augenblicken holte ich die Gitarre hervor und spielte ein kleines italienisches Lied. Sonne, Farbe, Lachen, Hoffnung und Lebenslust wurden lebendig, und ich sagte mir: wenn es etwas so Schönes gibt wie diese Musik, ist noch nicht alles verloren, dann wird auch das Glück zurückkommen. Mir war dabei, als bekäme ich, während ich in einem Kerker saß, eine Botschaft von draußen, aus einer anderen Welt, in der es Freude und Freiheit und Zukunft gab.

Heute würde ich die Gitarre wieder vollständig malen. Aber so halb, wie sie jetzt ist, hält sie mir die Erinnerung an eine der intensivsten Zeiten meines Lebens lebendig. Und dieses Bild macht mir dankbar bewusst, dass meine andere Hälfte wieder zurückgekehrt ist. Ich bin wieder ganz – aber natürlich nicht mehr der Mensch, der ich früher war. Das Leben arbeitet ja ununterbrochen an uns. In jedem Augenblick sind wir das vorläufige Endergebnis all dessen, was wir bis dahin gefühlt, gedacht, getan und erlebt haben.

Ich würde auch gern wieder mit einer Frau zusammenleben. Aber sie müsste natürlich anders sein als Asta, kein Ersatz, keine Wiederholung, keine Konkurrenz, sondern passend zu dem anderen Menschen, der ich inzwischen geworden bin. Bisher bin ich ihr aber leider nicht begegnet."

Damals hatte man Rosta geraten, sich in eine psychologische Therapie zu begeben, um die Wunde, die ihm der Tod seiner Frau gerissen hatte, zu schließen, doch er sagte mir, er hätte das Gefühl gehabt, dass er dann etwas Wertvolles verlieren würde.

„Der Schmerz, den ich empfunden habe, gehört zu meinem Leben", erklärte er. „Ich kann ihn doch nicht einfach daraus tilgen. Der, der ich heute bin, wurde ich durch das, was ich erlebt habe. Leben ist vor allem Erleben. Der Verlust von Asta hat mich eine Seite des Lebens erfahren lassen, die ich sonst nie kennengelernt hätte, und insofern hat er mich sogar irgendwie bereichert. Wenn du nichts mehr erlebst - egal, ob vergnüglich oder schmerzlich - bist du eigentlich schon gestorben, selbst wenn du noch hier in der Welt herumläufst.

Auch die tiefe Trauer, die mich damals überfiel, hat eine wichtige Bedeutung, denn im Grunde bezog sie sich nicht nur auf Asta, sondern auf mein ganzes Leben. Sie machte mir bewusst, wer ich bin in dieser Welt, und ließ mich fühlen, wie verletzlich und ausgeliefert ich bin. Sie ist jetzt wie ein tragender Ton in der Hintergrundsmelodie meines Lebens, der mir immer wieder bewusst macht, dass jeder Freude ein Schmerz, jedem Licht die Dunkelheit, jedem Entstehen das Vergehen gegenübersteht.

Der Name „*Dulcamara*", den ich meinem Haus gegeben habe, erinnert daran. Er bezieht sich nicht nur auf diese Pflanze, die hier überall wuchert, sondern ist auch ein Symbol für mein Leben: süß und bitter zugleich."

Es war Herbst, und die Nächte waren schon zu kalt, um draußen zu sitzen. Wir hatten uns wieder vor den Kamin zurückgezogen, in dem die Flammen ihre roten und blauen Tänze aufführten. Cato lag davor und wärmte sich den Rücken. Wir hingen unseren Gedanken nach.

„*Das Leben ist ein Versuch*"*, hat eine Dichterin geschrieben", murmelte Rosta nach einiger Zeit, als spreche er mit sich selbst, „aber wir wissen nie, ob wir das Richtige versuchen. Das zeigt uns erst das Ergebnis. Suchen statt versuchen: das würde es noch richtiger beschreiben.

Unser Lebensweg ist eine ununterbrochene Kette tastender Schritte, von denen wir nie wissen können, wohin sie uns führen. Wir kommen irgendwoher, verbringen einige Zeit in dieser Welt und gehen wieder irgendwohin. Wohin? " Er blickte mich fragend an.

Ja, wohin eigentlich, ging es mir durch den Kopf, ins Nichts, ins Nirwana, ins Paradies, in den Himmel, in die Hölle, in eine

---

* Ingeborg Bachmann

neue Existenz, in den großen Energiepool, aus dem alles entspringt?

Rosta hatte diese Erklärung: „Für mich ist es eine Art beleuchteter Schneise in einem unendlich großen, dunklen Feld. Wir betreten sie bei unserer Geburt, und nachdem wir sie überquert haben, verlassen wir sie wieder, indem wie sterben. Sie ist ein winziger Ausschnitt aus einem größeren Zusammenhang. Jene Bereiche, die davor und dahinter im Dunkel liegen, sind für uns wie hinter einer undurchsichtigen Wand verborgen. Wir wissen zwar, dass es vor unserer Geburt und nach unserem Tod einen transzendenten Bereich gibt, aber wir wissen nicht, worin dieser genau besteht. Letztlich bleibt uns nichts anderes übrig, als diese Schneise mit wachen Sinnen zu durchwandern, das heißt, unser Leben so bewusst zu leben, wie wir können, und dann erwartungsvoll die geheimnisvolle Wand zu durchschreiten, die wir Tod nennen."

Rosta machte eine Pause. Ich stellte mir vor, wie ich über diese Schneise wanderte. Wie weit war ich bis jetzt gekommen? Welche Strecke lag noch vor mir?

„Warum muss das eigentlich sein, dieses Geborenwerden und Sterben? Warum können wir nicht einfach ewig leben?" Unwillkürlich rutschte mir diese Frage heraus.

Rosta zog nur eine Grimasse. „Diese Frage kann man nicht ernst nehmen, das weißt du selbst. Überleg einmal: was würde passieren, wenn es für uns Menschen die Unsterblichkeit gäbe?

Alles würde stillstehen, nichts könnte sich mehr entwickeln. Jede Entwicklung ist ja das Ergebnis eines Prozesses, der aus Werden und Vergehen, Geborenwerden und Sterben besteht. Der heutige Tag konnte nur entstehen, weil der gestrige verging. Ein bestimmter Zustand wird erreicht und dann wieder aufgelöst, indem oder damit ein neuer Zustand entsteht. Das ist die Grundlage des Lebens in dieser Welt. Auch dein Körper erneuert sich ständig, indem Zellen absterben und neue gebildet werden. Unsterblichkeit würde also ewigen Stillstand bedeuten. Du wärst wie eine der Wachsfiguren im Kabinett der Madame Tussauds. Wolltest du das wirklich? Deine Existenz gliche dann einer langweiligen Tretmühle, in der du endlos laufen, im Grunde aber stets auf derselben Stelle treten würdest, weil es ja kein Ende und damit auch keinen neuen Anfang geben würde.

‚Werd ich zum Augenblicke sagen: Verweile doch, du bist so schön, dann magst du mich in Fesseln schlagen, dann will ich gern zugrunde gehen!‘ lässt Goethe daher seinen Faust sagen.

Wahrscheinlich meinst du, wie die meisten Menschen, mit der Unsterblichkeit eine Art ewiger Jugend oder die unendliche Fortdauer deines jetzigen Lebens – natürlich nur in seiner angenehmsten Form - und bedenkst nicht, dass es das Leben gerade deshalb gibt, weil wir sterblich sind.

Ich glaube, hinter dem Wunsch nach Unsterblichkeit steckt einfach eine Angst vor dem Neuen. Man bewertet Dauerhaftigkeit, Stabilität, Sicherheit, Traditionen, Treue und Zuverlässigkeit höher als Vergänglichkeit, Auflösung, Zerstörung, Untreue, Umwälzung und Erneuerung. Natürlich hat alles Verlässliche und Dauerhafte einen Sinn, denn es hilft uns, in dieser Welt Fuß zu fassen. Andererseits aber behindert es den Fortschritt und hindert die Menschen daran, sich weiterzuentwickeln und wirkliches Leben zu erleben. Wo Leere ist, entsteht Fülle, heißt es im Zen: jedem Leben geht ein Sterben voraus und jedem Verlust folgt ein Gewinn.

Insofern ist der Tod der Wegbereiter des Lebens. Wenn wir ihn zu ignorieren oder sogar abzuschaffen versuchen, erscheint er uns unverständlich und bedrohlich, weil wir damit ja die eine Hälfte unserer Existenz aus unserem Bewusstsein in unterbewusste Bereiche verdrängen.“

Rosta blickte mich beschwörend an: „*Memento mori!* Sei stets bereit, loszulassen. Du musst dich mit dem Tod anfreunden, ihn als bestimmenden Teil deines Lebens betrachten und dir seiner immerwährenden Gegenwart bewusst sein. Dann wird er dir zum Freund und lässt dich die Dinge genauer und tiefgründiger sehen, gewissermaßen zusammen mit ihrem Schatten. Vergiss nicht: in dieser Welt gibt es keine Überlebenden. Wenn uns immer klar ist, dass wir hier nur eine Gastrolle haben, die jederzeit enden kann, schärft sich unser Blick für das Wesentliche – nämlich für das, was über unser jetziges Sein hinausreicht."

Er stupste Cato, der zu seinen Füßen lag, am Rücken. „Heh Cato, was meinst du dazu?" Cato öffnete die Augen, wedelte mit dem Schwanz und drehte sich auf den Rücken, um sich kraulen zu lassen.

„Siehst du, irgendwie ist er auch meiner Meinung. Er holt aus jedem Augenblick das Maximum an Lebensfreude für sich heraus, weil er sich nicht vor dem Tod fürchtet. Er hat es gut. Er denkt weder an die Zukunft noch an die Vergangenheit, sondern lebt einfach hier und jetzt. Nein, eigentlich ist das gar nicht so einfach, sondern hoch kompliziert, denn in diesem „Jetzt" liegt ja das gesamte Universum, mit allem, was ist, was jemals war und was jemals sein wird.

Mit Cato hast du mir ein großes Stück Leben geschenkt, und Freude. Er wedelt mit dem Schwanz, und schon bekomme ich gute Laune. Natürlich kann er Asta nicht ersetzen, aber er hält etwas lebendig, was so beglückend an unserer Beziehung war: diese wunderbare, vorbehaltlose Zuneigung, die immer da ist. Er freut sich, wenn er dich sieht und zeigt es dir.

Damals, als ich so einsam und traurig war, hatte ich zwar auch daran gedacht, mir einen Hund zu suchen. Aber dann fürchtete ich, Asta damit irgendwie untreu zu werden. Ich meinte, ich müsste erst ausreichend trauern, ich dürfte mir nicht gleich wieder Freude verschaffen. Was für ein Unsinn das war, erkannte ich sofort, als du diesen süßen, kleinen Hund mitbrachtest. Ich konnte gar nichts dagegen tun: das Herz ging mir wieder auf."

Rosta lächelte mich an und fragte dann: „Was ist das eigentlich für eine Einstellung, dass man glaubt, man dürfe sich nicht freuen? Wer bringt uns solchen Unsinn bei?"

Noch eine Erinnerung steigt empor:

Vor einigen Jahren besuchte ich Onkel Rosta zusammen mit meiner kleinen Tochter. Er mochte sie sehr, und auch sie hatte vom ersten Augenblick an eine besondere Beziehung zu ihm. „Er ist so anders als ihr", bemerkte sie einmal, „so friedlich. Und er hört einem zu - nicht so wie ihr. Ihr hört nicht zu, sondern ihr wollt mich immer verbessern und mir sagen, was ich tun soll. Und außerdem sieht mich Onkel Rasto so seltsam an – das leuchtet." (Sie weigerte sich beharrlich, ihn Rosta zu nennen: „Er ist doch nicht verrostet!")

„Onkel Rasto" fragt sie, „wo ist deine Frau?"

Sie hat von ihrer Tante gehört, sie aber nie gesehen.

„Sie ist gestorben, sie ist nicht mehr da."

„Ist sie tot?"

„Ja."

„Wie ist das, wenn man tot ist? Niemand will es mir genau sagen. Alle reden nur so herum - das versteht man überhaupt nicht -, und außerdem behaupten sie, dass ich noch zu klein dafür bin."

„Dann probieren wir es mal. Hast du schon ein totes Tier gesehen?"

„Ja, eine Maus."

„Und wie war das?"

„Komische Frage! Sie lag da und hat sich nicht bewegt und irgendwas hat gefehlt."

„Was denn?"

„Weiß ich nicht, aber jedenfalls war sie nicht mehr lebendig."

„Was ist das denn: lebendig?"

„Lebendig ist, wenn man nicht tot ist, wenn man ... Oh – genau kann ich das nicht sagen! Weißt du es denn?"

„Das ist eine schwierige Frage!"

„Ach, ihr Erwachsenen tut immer, als wüsstet ihr alles, aber wenn man euch mal etwas fragt, das einen interessiert, dann sagt ihr: ‚Das ist aber eine schwierige Frage' oder: ‚Das verstehst du noch nicht' oder ihr gebt einem eine Antwort, als sei man doof. In Wirklichkeit seid ihr doof!"

„Jaja, ich weiß, dass du nicht doof bist. Jedenfalls nicht mehr als ich. Also: was das Lebendige ist, weiß niemand so richtig. Auch die klügsten Leute nicht. Stell dir mal vor: du bist eine Art Puppe. Du weißt schon, wie deine kleine Miau."

„Die heißt nicht Miau, sondern Miou."

„Also Miou. Und wenn Miou einfach still da liegt, weil du nicht mit ihr spielst, dann ist sie wie so ein totes Tier. Sie bewegt sich nicht und tut nichts."

„Aber Miou muss ich nicht wegwerfen. Als wir die tote Maus gefunden haben, hat Mama sie in die Mülltonne geworfen. Ich durfte sie nicht behalten und auch nicht mit ihr spielen.

Mama sagte, dass sie verwest. Aber richtig erklärt hat sie mir nicht, was das ist. Sie hat nur gesagt, dass sie sich auflöst und anfängt zu stinken. Aber sie hat mir nicht erlaubt, dabei zuzuschauen."

„Darüber müssen wir nochmal genau sprechen. Aber eigentlich wollten wir doch klären, was es bedeutet, wenn man lebendig ist."

„Ja, sag es mir doch!"

„Also, nehmen wir nochmal deine Miou. Wenn du mit ihr spielst und ihre Arme und Beine bewegst oder sie sprechen lässt, indem du auf den Knopf auf ihrem Rücken drückst, dann wird sie irgendwie ein bisschen lebendig. Noch lebendiger wäre sie, wenn du in sie hineinschlüpfen und ihre Arme und Beine von innen her bewegen könntest, ohne dass dich jemand sieht."

„Das wäre total cool!"

„So ist das auch bei den Menschen, wenn sie lebendig sind. Irgendein Wesen, das niemand sehen kann - vielleicht so eine Art Engel – ist in deinen Körper geschlüpft und bewegt ihn von innen her, spricht mit deinem Mund und denkt mit deinem Kopf."

„Aber bei mir ist das nicht so. Wenn ich mich bewege und wenn ich spreche, dann tue ich das, nicht jemand anderes, der in mir drin ist."

„Das kommt nur daher, dass du ihn nicht sehen kannst."

„So ein Quatsch!"

„Warte ab. Nehmen wir nun einmal an, dass dieses Wesen deinen Körper wieder verlässt. Dann ist er zwar noch da, aber er ist tot. Das, was ihn lebendig gemacht hat, fehlt. Dein Wesen ist das Wichtigste an dir."

„Das ist aber eine komische Erklärung. Darüber muss ich nachdenken."

„Ja, vieles kann man gar nicht richtig erklären. Das geht uns oft so: dass wir etwas sagen und nicht genau wissen, was es bedeutet, oder dass wir etwas tun und nicht wirklich wissen, warum. Man kann es nur irgendwie umschreiben. Wenn du zum Beispiel sagst, dass du dich freust, und man dich fragt, was das genau ist: kannst du das dann erklären?"

„Lass mal nachdenken... Also, wenn ich mich richtig freue, dann hüpfe ich auf einem Bein und lache."

„Das ist aber nur die Folge davon, dass du dich freust. Damit hast du mir nicht erklärt, was das Freuen für dich ist."

„O je, das ist schon wieder schwierig."

„Und genauso schwierig ist es, zu erklären, was lebendig ist. Eigentlich sehen wir nur die Folge davon: dass jemand sich bewegt, dass jemand spricht, dass jemand etwas tut, dass jemand weint oder lacht und so weiter. Und was passiert, wenn jemand stirbt, das weiß man auch nicht so genau. Man sieht nur, dass das verschwindet, was ihn vorher lebendig gemacht hat."

„Das Wesen?"

„Ja."

„Und wenn das Wesen weg ist, dann verwest man?"

„Stimmt. Aber frage mich jetzt nicht, was das Wesen genau ist. Auch das kann ich dir nicht erklären. Jedenfalls ist es etwas, das du nicht direkt sehen kannst, und trotzdem macht es, dass du lebendig bist. Hast du schon einmal vergessen, deine Blumen zu gießen?"

„Ja, aber nicht oft."

„Dann waren sie ganz schlaff und hingen herunter, als ob sie demnächst sterben würden?"

„Ja ja."

„Und wenn du ihnen schnell Wasser gegeben hast, was ist dann passiert?"

„Meistens haben sie sich wieder erholt."

„Und haben wieder frisch und lebendig ausgesehen?"

„Genau."

„Also hat das Wasser sie wieder lebendig gemacht. Wenn du die Blumen aber direkt anschaust, dann siehst du nichts von dem Wasser, denn es ist auch eine Art Wesen und macht die Blumen von innen lebendig. Das Licht ist ebenfalls eines und auch die Luft. Wenn sie fehlen, geht die Pflanze ein. Diese Wesen – und es gibt noch viele, viele mehr – kannst du nicht sehen, wenn du die Blume anschaust. Aber wenn sie die Blume verlassen, zum Beispiel weil sie kein Wasser oder kein Licht bekommt, stirbt sie. Daran erkennst du, dass sie vorher da waren."

„Was hat das mit der Tante Asta zu tun?"

„Du wolltest doch wissen, was mit ihr ist."

„Als sie tot war, war da ihr Wesen weg?"

„Ja, natürlich."

„Ist sie auch verwest? Hat sie sich aufgelöst und gestunken?"

„Wahrscheinlich, aber ich habe es nicht gesehen."

„Schade, ich hätte es gern gesehen. Hast du sie auf den Müll geworfen?"

„Nein, sie wurde begraben. Daher konnte ich nicht beobachten, was mit ihr geschehen ist."

„Und wo ist ihr Wesen jetzt?"

„Ich weiß es nicht genau, es ist einfach davon geflogen."

„Hast du das gesehen?"

„Nicht direkt, aber als sie gestorben ist, habe ich ein starkes Rauschen gehört, wie wenn ein großer Vogel wegflöge."

„Hast du die Tante Asta denn lieb gehabt?"

„Ja, sehr. Wenn sie bei mir war, habe ich mich wohl gefühlt, und wenn sie nicht da war, hat sie mir gefehlt. Wir waren immer irgendwie verbunden. Und das sind wir heute noch."

„Warum ist ihr Wesen dann weggeflogen? Dann hat es doch keinen Grund dafür gehabt. Vielleicht ist es gar nicht weg, und du siehst es nur nicht, wie die Luft."

„Das habe ich auch schon gedacht, denn manchmal spricht sie zu mir."

„Was sagt sie dann?"

„Nun ja, sie kann nicht wie du und ich sprechen, weil ihr Körper nicht mehr da ist. Aber man kann auch durch Zeichen

sprechen. Letzte Woche war ich unten in der kleinen Kapelle, und da musste ich auf einmal an sie denken.

‚Asta, bist du da?', habe ich laut gerufen. Und was meinst du, was dann passiert ist? Sie hat mir geantwortet."

„Was hat sie denn gesagt?"

„Nichts natürlich, aber sie hat sofort

die kleine Glocke oben im Turm geläutet. Da wusste ich, dass sie da war."

„Das gefällt mir. So mache ich es auch, wenn ich einmal tot bin. Sag mal, Onkel Rasto, warst du sehr traurig, als die Tante gestorben ist?"

„Ja, sehr."

„Und bist du es immer noch?

„Nur noch manchmal ein bisschen. Ich habe es mir abgewöhnt, denn wenn man traurig an jemanden denkt, macht man ja die schöne Erinnerung an ihn kaputt. Wenn man sich aber ins Gedächtnis ruft, wie schön es mit ihm war, kommen die frohen Gefühle zurück, und er wird für dich irgendwie wieder lebendig. Wenn du jemanden einmal in dein Herz gelassen hast, bleibt er für immer darin."

„Aber meine Freundin Anna, die soll nicht in meinem Herz bleiben."

„Warum denn?"

„Sie war so gemein zu mir, sie hat gesagt, dass ich hässlich bin. Vorher waren wir Freundinnen, und ich habe sie lieb gehabt. Aber jetzt hasse ich sie."

„Auch wenn du sie hasst, ist sie immer noch in deinem Herzen. Deshalb denkst du an sie."

„Nein, ich denke nicht an sie - ich hasse sie."

„Wenn man jemanden hasst, ist das nur das umgekehrte Gefühl, wie wenn man ihn liebt. Jedenfalls ist er einem nicht egal. Eigentlich würde man ihn lieber gern haben, aber man kann es nicht. Das ist so ähnlich, wie wenn Wasser kalt oder heiß ist. Du kannst darin erfrieren oder dich verbrennen, aber trotzdem bleibt es immer Wasser. So ähnlich ist es mit der

Liebe und dem Hass. Die sind auch beide ein Gefühl, und es kommt über dich, wenn du an deine Freundin denkst. Der Unterschied besteht vor allem darin, dass die Liebe angenehm und der Hass unangenehm ist. Also: obwohl du die Anna jetzt nicht mehr magst, kannst du sie nicht loswerden, und zwar deshalb, weil du sie irgendwann in dein Herz hereingelassen hast. Da ist sie immer noch. Du kannst dir also nur überlegen, ob du, wenn du an sie denkst oder sie siehst, ein angenehmes oder ein unangenehmes Gefühl haben willst. Die Leute sagen ja, dass aus Liebe Hass werden kann. Warum soll das nicht auch umgekehrt gehen? Du lehnst es einfach ab, sie zu hassen und zu beschuldigen, und versuchst statt dessen, sie zu verstehen. Bestimmt hat sie einen Grund für ihre Bemerkung gehabt und es nicht so gemeint. Vielleicht kannst du sie ja wieder gern haben, wenn du verstehst, warum sie das gesagt hat. Es wäre doch schön, wenn ihr euch wieder vertragen würdet."

"Ja, das wäre schön."

"Und schau mal: Wenn die Tante Asta und ich uns nicht gern gehabt hätten, dann wäre es immer grässlich für mich, an sie zu denken, und ich müsste versuchen, es nicht zu tun. Wie schwierig das ist, weißt du selbst. So aber freue ich mich, wenn ich an sie denke. Und übrigens: dass du hässlich bist, stimmt überhaupt nicht, Du bist nicht nur körperlich gut geraten, sondern du besitzt auch ein schönes Wesen. Das ist das Wichtigste. Du bist freundlich, fröhlich und ehrlich. Bei dir kommt das Schöne von innen, deshalb ist es echt und macht dich schöner als die meisten von diesen langweiligen Filmschauspielerinnen mit ihren hübschen Allerweltsgesichtern."

„Meinst du wirklich?"

„Ja, das meine ich. Dafür kannst du natürlich nichts, aber so ist es nun einmal. Du hast Glück gehabt. Übrigens kannst du ganz leicht feststellen, ob du wirklich – und nicht nur oberflächlich - schön bist: du brauchst nur zu beobachten, ob die anderen Menschen dich mögen. Wenn du hässlich wärst, würden sie dich ablehnen, aber wenn dich jemand lieb hat, ist das ein Beweis dafür, dass er dich schön findet. Schau mal genau hin, wie die anderen zu dir sind, dann weißt du es. Du kannst dich allerdings auch selbst hässlich machen, indem du böse und hässliche Gedanken zulässt oder gemein zu anderen bist. Dann mag dich natürlich niemand mehr, selbst wenn du aussiehst wie ein Filmstar. Die Anna ist wahrscheinlich nur neidisch auf dich."

„Neidisch auf mich? Weshalb?"

„Weil sie nicht so charmant ist wie du."

„Was ist das: charmant?"

„Liebenswert, herzlich, bezaubernd, anmutig, hübsch, … Aber Schluss jetzt, sonst wirst du noch eingebildet, und das wäre schlecht für deine Schönheit."

In ihrer ganzen Bedeutung hat meine Tochter, glaube ich, diese Worte nicht verstanden. Aber sie fühlte, dass sie stimmten und war getröstet. Ich habe am Tag danach beobachtet, wie sie sich vor dem Spiegel drehte und sagte: *Ich bin charmant!*

„Die Tante Asta hatte auch so einen besonderen Charme", schloss Rosta das Gespräch.

Er war von Natur aus nicht besonders mitteilsam. Aber eine Szene, die wir erlebten, als wir wieder einmal in unserem Café am Hafen saßen, trieb ihn dazu, über seine Beziehung zu Asta zu sprechen.

Es war ein schöner Nachmittag im Spätsommer, und auf der Hafenpromenade schlenderten die Menschen entspannt an uns vorüber. Ein älteres Paar saß auf einer Bank und betrachtete den Hafen. Wir sahen zwar nur ihren Rücken, aber die Distanz zwischen ihnen und ihre starre Körperhaltung zeigte, dass etwas nicht stimmte.

Beide blickten starr aufs Wasser hinaus, bis sich auf einmal der Mann leicht zu der Frau hinneigte und etwas sagte. Es schien ihr nicht zu gefallen, denn ein Ruck ging durch ihren Körper, und sie drehte ihm empört das Gesicht zu. Sie schien eine Antwort zu geben, die wiederum ihn zu ärgern schien, denn er richtete sich jetzt auf und wendete sich ihr ganz zu. Ich sah sein Gesicht nur im Profil, es war deutlich gerötet. Offensichtlich war ein Streit ausgebrochen. Wortfetzen flogen zu uns herüber. Worum es genau ging, konnten wir nicht verstehen. Der Mann sprang plötzlich auf und rief etwas in erregtem Ton, worauf sie mit schriller Stimme antwortete. Darauf lief er mit schnellen Schritten davon. Die Frau blieb auf der Bank sitzen. Ein Schütteln erfasste ihren Körper, ich konnte aber nicht erkennen, ob es Schluchzen oder Lachen war.

Diese Szene hatte uns die Stimmung verdorben. Wir verließen das Café, um noch ein wenig zur Mole zu schlendern.

"Das wäre nichts für mich", bemerkte Onkel Rosta, "so könnte ich nicht leben. Da wäre ich lieber allein. Aber es scheint Menschen zu geben, die solche Streitereien brauchen. Das nennen sie dann ‚sich zusammenraufen'. Ich bezweifle allerdings, dass das auf Dauer gut geht. Meistens trennen sie sich irgendwann wieder. Aber ob dieses Paar das noch schafft?"

Er schüttelte den Kopf und fuhr fort: „Ich hatte auch einmal eine solche Affäre. Daran denke ich nicht gern zurück. Dauernd gab es irgendwelche Streitereien, weil jeder von uns etwas anderes meinte und wollte. Wir waren zu verschieden, und es dauerte lange – zu lange! -, bis ich es mir eingestehen und die Konsequenzen ziehen konnte. Das Ende war auch nicht schön. Es gab Vorwürfe, Beleidigungen, Feindschaft. Das einzig Positive daran war, dass ich dabei gelernt habe, wie es nicht sein sollte.

Mit Asta war das ganz anders. Wir hatten nie Grund, uns zu streiten. Unsere Beziehung war wie das harmonische Zusammenklingen von zwei Stimmen in einem Duett.

Da ist eine verwandte Seele, ein Mensch, der dich mag und den du magst, in dessen Gegenwart du dich wohl fühlst und der dir gut tut. Und du weißt: auch du tust ihm gut.

Asta war ein tragendes Element in meinem Leben. Sie hat mir das Gefühl gegeben, einen Wert zu haben, denn ich sah mich von ihr geliebt - ohne Bedingungen, ohne Kritik. Sie hat mich einfach gemocht, wie ich bin. Das ist nicht wenig, denn ich weiß, dass ich ein schwieriger Mensch bin. Nicht jede Frau hätte es mit mir ausgehalten."

"Kann ich bestätigen", neckte ich ihn.

„Jeder Mensch, mit dem du zu tun hast, ist gewissermaßen auch ein Werkzeug deines Schicksals. Mit seiner Hilfe formt es dich. Es beeinflusst dadurch dein Denken, Fühlen und Tun, steuert deine Biographie. Ich habe Glück gehabt. Asta hat mich durch ihr freundliches und immer gutartiges Wesen nachhaltig beeinflusst und meine positiven Anlagen gefördert. - Soweit vorhanden," fügte er ironisch grinsend hinzu. „Ohne sie wäre ich jedenfalls nicht der, der ich heute bin."

"Gott sei Dank!", versuchte ich ihn weiterhin zu provozieren. Aber Rosta ging nicht darauf ein.

"Wenn sich zwei Menschen gern haben, sind sie Seelenverwandte und irgendwie für einander bestimmt – als Liebespaar oder als Freunde", führte er seinen Gedanken fort, und ich machte mich auf eine jener Gedankenketten gefasst, bei denen man ihn nicht stoppen konnte. "So etwas kann man nicht machen, nicht planen, nicht einfordern. Das ist ein Geschenk, man weiß es auf den ersten Blick, und es geht nie zu Ende. Zwar gibt es auch in solchen Beziehungen Differenzen und Verstimmungen, aber die haben nie eine grundsätzliche Bedeutung. Wenn man sich mag und versteht, kann man sich entgegenkommen, Kompromisse machen und auf Unwichtiges verzichten.

,Liebe ist entweder Unschuld oder Reife', hat Asta einmal zu mir gesagt. Vielleicht sogar beides, denke ich mir.

Ich weiß, jeder Mensch liebt auf seine Weise. Das kann auch nicht anders sein, weil die Liebe ein Ausdruck unserer persönlichen Veranlagung ist - geistig, gefühlsmäßig und auch körperlich. Sie kann sanft oder heftig, aktiv oder passiv, selbstlos oder fordernd, einfach oder subtil und ich weiß nicht, was sonst noch, sein. Aber sie ist, wenn sie echt ist, immer beglückend.

Du musst ehrlich zu dir sein und dich davor hüten, sie mit anderen Emotionen oder Impulsen zu verwechseln oder zu vermischen. Vor allem, wenn man jung ist und den Kopf voller Halb- und Unwahrheiten hat, die man von Eltern, Erziehern, Kirchen und Dummköpfen einprogrammiert bekam, kann man das oft nicht. Man lebt Rollen aus Romanen und Filmen nach, imitiert andere Menschen, gibt sich Gefühlsklischees hin, plappert und denkt blödsinniges Zeug, hält Begierde, Besitzwunsch und Eitelkeiten für Zeichen von Liebe und rennt dabei am Eigentlichen vorbei. Man lässt sich gewissermaßen vom hohlen Glanz der künstlichen Prachtblumen blenden und übersieht das herzliche Leuchten der kleinen, echten Blume am Wegesrand. So gerät man auf eine Berg- und Talfahrt der Gefühle, die aus Hoffen und Begehren, Verzweiflung und Selbstzweifel besteht.

Wie gesagt, ich kenne das aus meiner Jugend – es war zwar intensiv und aufregend, zugleich aber auch sehr schmerzhaft und frustrierend."

Er sah mich spöttisch von der Seite an: „Bei dir gingen die Wogen anscheinend noch höher. Aber Künstler wie du leben ja immer im Ausnahmezustand."

Damit hatte Rosta wahrhaftig recht. Das Liebesleben meiner Jugend war ziemlich lebhaft und ausschweifend. Damals in meiner Jugend spielte vor allem der Sex die große Rolle. Es war manchmal richtig unheimlich und quälend, wie dieser doch ganz natürliche Trieb immer wieder mein ganzes Denken in Besitz nahm und mich abends in die Bars oder auf Feste trieb. Und meistens fragte ich mich, wenn ich einer Frau begegnete, wie es wäre, mit ihr zu schlafen.

Chercher la femme, sagen die Franzosen und meinen damit das ewige Angezogensein des Mannes von der Frau. Eigentlich war ich aber immer auf der Suche nach jener bestimmten Frau, mit der mich mehr als nur der Sex verbinden würde. Daher empfand ich oft, wenn ich nur meinen Trieb befriedigt hatte, Traurigkeit und Frustration, weil die Sehnsucht nach Liebe nicht erfüllt worden war. Das war eine schwierige Zeit, und ich bin froh, dass sie hinter mir liegt.

Das prägendste Liebeserlebnis meiner Jugend aber war diese Affäre mit Lexy, der extravaganten Südamerikanerin. Sie stürzte mich in einen reißenden Fluss der Gefühle. Es war ein ekstatischer Zustand, ein Fieber. Ich war wie besessen, konnte an nichts anderes denken als an diese Frau, die ich zu lieben glaubte (heute weiß ich, dass ich sie nur besitzen wollte) und war zum Äußersten bereit. Ich war nicht mehr ich selbst und hätte sogar mein Leben für sie riskiert.

Ein guter Freund hat einmal zu mir gesagt: "Die Liebe, das ist das Leiden. Hüte dich vor ihr!" Er sprach aus Erfahrung, aber das nützte ihm nicht viel, er ist darin untergegangen. Er ist nicht darüber hinweggekommen, dass ihn seine Frau verlassen hat. (Mit Recht, übrigens.) Ich bin zum Glück eines Tages wieder aufgetaucht, weil ich mir in einem Augenblick schonungsloser Ehrlichkeit eingestehen konnte, dass ich nur deshalb so verrückt brannte, weil meine angebliche Liebe nicht wirklich erwidert wurde und weil ich das irgendwo auch wusste.

Aber so ist es oft: gerade das, was du nicht bekommen kannst, weckt deine größte Begierde, und gleichzeitig bist du verzweifelt, weil du insgeheim weißt, dass es keine Hoffnung auf Erfüllung gibt. Das willst du aber nicht wahrhaben. Je geringer deine Chancen sind, desto mehr klammerst du dich daran. In Wirklichkeit ist das keine Liebe, sondern eine Leidenschaft, und sie lässt dich wahrhaftig leiden.

Dennoch muss ich zugeben, dass mich dieses Erlebnis auch bereichert und zu einigen außergewöhnlichen Bildern inspiriert hat. Denn es hat mir die andere, destruktive Seite des Lebens gezeigt, die es ja auch gibt. Letztlich suchen wir immer die Wahrheit, egal wie schön oder wie furchtbar sie ist.

„Der Künstler krankt am Leben: er sieht zu viel, er weiß zu viel, er fühlt zu viel." Diese Bemerkung fand ich in den Memoiren eines Dichters, der sich später das Leben genommen hat. Offensichtlich war es zu viel für ihn.

Viele große Kunstwerke sind aus dem Liebesleid entstanden, aus der Erfahrung des Zerstörtwerdens und auch aus dem Wunsch danach. Und das ist es ja eigentlich, was ein großes Kunstwerk ausmacht: das Infragestellen alles bisher Gültigen, der Blick in eine andere Wirklichkeit, das Ausloten der tiefsten Gefühle, die immer neue Suche nach der endgültigen Antwort, das Erschaffen von etwas Neuem. Echte Kunst ergreift und verändert uns.

Erblicke das Unsichtbare,
denke das Undenkbare,
öffne dein Herz
für das Geheimnis, das in dir ruht.

Aber zurück zu meiner Vision:

Der Besucher ist lautlos hereingekommen und hat sich wieder zu Onkel Rosta an den Tisch gesetzt. Sehr diskret, ganz unauffällig, als wolle er nicht stören.

„Da bist du wieder", sagt Rosta. „Lass uns ein wenig plaudern. Ich habe hier oben so selten Gesellschaft. Und manchmal muss ich über etwas reden, wenn ich es verstehen will. Zum Beispiel möchte ich verstehen, wer du bist. Ja, ich weiß es zwar, aber trotzdem: das genügt mir nicht! Man erzählt so viel über dich, und die Leute fürchten dich. Wahrscheinlich, weil sie dich nicht kennen. Ich kenne dich eigentlich auch nicht, aber ich glaube, ich habe keine Angst vor dir. Ich hatte lange genug Zeit, mich an dich zu gewöhnen, seit du in meinem Leben aufgetaucht bist. Und du weißt ja, dass ich dich oft herbeigesehnt habe, damals, als ich nicht mehr weiter wusste. Ich habe eine Geschichte über dich geschrieben. Aber das weißt du sicher auch. Hoffentlich gefällt sie dir. Ich

glaube, heute kann ich sie beenden. Dann können wir gehen. Hast du noch etwas Zeit?"

Der andere blickt ihn gütig an: „So viel, wie du brauchst. Wir gehen erst, wenn du fühlst, dass die Zeit dafür gekommen ist."

„Tust du das immer? Bist du immer so entgegenkommend?" fragt Rosta. „Ich meine, man hat oft den Eindruck, dass du die Menschen ziemlich gewalttätig mitnimmst, dass du nicht wartest, bis sie bereit sind. Bei Asta hast du es auch so gemacht. Ihr hast du keine Zeit gegeben."

Er kann sich diesen Vorwurf nicht verkneifen, obwohl er weiß, dass er so nicht stimmt.

Der andere lächelt nachsichtig: „Da täuschst du dich. Sie hat sich nur sehr schnell entschlossen, mitzukommen. Lebenszeit lässt sich nicht mit der Uhr erfassen. Manche Menschen brauchen Jahre, um bereit zu werden, andere nur Minuten. Manchmal warte ich lange darauf, dass sie mir entgegenkommen, aber je mehr sie sich sträuben und nichts mit mir zu tun haben wollen, desto mehr Druck muss ich anwenden. Denn daran, dass ich euch mit mir nehmen muss, kann auch ich nichts ändern. Das weißt du. Ich bin ja nicht der Herr eures Schicksals, sondern nur sein Gehilfe. "

Er macht jetzt einen betrübten Eindruck und kommt ins Sinnieren.

„Wie selten kommen mir die Menschen offen und freundschaftlich entgegen! Wie soll ich ihnen zu einem sanften Abschied verhelfen, wenn sie nicht bereit dafür sind? Alle wissen, dass sie eines Tages mit mir gehen müssen, und doch tun sie, als gebe es mich nicht. Immer sind ihnen ihre Geschäfte und Pläne und Vergnügungen wichtiger. Sie meinen, sie müssten noch etwas Wichtiges erledigen, weil sie nicht wissen, was wirklich wichtig ist, oder sie sträuben sich bis zuletzt, weil sie sich vor mir fürchten und meinen, ich würde ihnen ein Leid antun.

Aber gerade diese Einstellung und die Tricks, mit denen sie noch etwas Zeit herauszuschinden versuchen - denk nur an all die nutzlosen medizinischen Eingriffe, die nicht nur ihre Qual verlängern, sondern diese auch selbst hervorrufen! - bewirken diese Leiden und Schmerzen, vor denen sie sich so sehr fürchten. Von den Tieren könntet ihr etwas lernen: wenn sie fühlen, dass es nicht mehr weitergeht, ziehen sie sich zurück und warten geduldig, bis ich sie hole.“

„Ja,“ sagt Rosta,„ das habe ich auch schon beobachtet.“

Der andere nimmt den Gesprächsfaden wieder auf: „Manche halten den Tod für eine Strafe, aber oft trifft das eher auf ihr Leben zu. Und wenn ich ihnen noch etwas Zeit gewähre: was tun sie damit? Anstatt sie für das zu nutzen, worauf es ankommt und was ihrem Leben endlich einen Sinn geben würde, vergeuden sie sie weiterhin mit lauter Unsinn. Wer nie richtig gelebt hat, kann nicht loslassen, wenn seine Zeit gekommen ist.“

„Was soll denn das heißen: richtig leben?“ unterbricht Rosta den anderen.

„Richtig leben? Ja, wie soll ich das erklären? Vielleicht so: Versuche, so zu leben, dass du jederzeit zufrieden und mit einem inneren Lächeln diese Welt wieder verlassen könntest. Versuche aber auch so zu leben, dass Du zufrieden und mit einem inneren Lächeln unbegrenzt weiter machen könntest. Es kommt darauf an, dass dein Leben einen Sinn hat.“

„Was meinst du damit?“

„Ja, ich weiß, damit ist es für dich auch noch nicht richtig erklärt. Also: der Sinn deines Lebens liegt in dir selbst. Er ist das, was dich mit Kraft, Zuversicht, Zufriedenheit und Freude erfüllt, er ist das, wozu du bestimmt und in diese Welt geschickt wurdest, was dich aus der Tiefe deines Wesens antreibt und dir die Kraft gibt, notfalls über dich hinaus zu wachsen und furchtlos deinem Tod entgegenzutreten. Er ist das, dem du alles andere opfern würdest, wenn du dich für ein Einziges entscheiden müsstest. Er ist das, was dir das Gefühl gibt, am richtigen Platz zu sein und etwas Wertvolles zu tun, er ist das Größere, in dessen Dienst du dich bereitwillig stellst, er ist das, wofür es sich zu leben lohnt."

Stille. Rosta denkt nach. Über sein Leben, über das der Menschen, die er kennengelernt hat.

„Das sind alles nur Umschreibungen, mit denen man nicht viel anfangen kann. Genauer geht's wohl nicht?"

„Nun ja, der Sinn des Lebens hat so viele Erscheinungsformen, wie es Menschen gibt. Niemand kann ihn für einen anderen Menschen bestimmen oder nachvollziehen, jeder muss aber versuchen, ihn für sich selbst zu finden und zu leben. Denn jeder hat seine ureigene Bestimmung und seinen ganz persönlichen Lebenssinn. Dieser kann sich in Unbeschwertheit und Fröhlichkeit oder Ernst und Verantwortung, in praktischem Handeln oder philosophischem Ergründen, in selbstloser Nächstenliebe oder eigennützigem Erobern, in einer Tätigkeit, die für das Wohl der Welt unbedeutend ist, oder Unternehmungen von größter Tragweite, in einer Zeitspanne von nur wenigen Minuten oder einem ganzen, langen Leben, in Geselligkeit oder Zurückgezogenheit, in Genuss oder Askese, in egoistischem oder selbstlosem Handeln, in Taten, die anderen verbrecherisch erscheinen, oder in einem Verhalten, das allgemein gefällt, in der Rolle einer Frau oder eines Mannes, eines Kindes oder eines Alten, in dir oder mir manifestieren."

„In dir auch?"

„Na ja, ich bin doch auch da."

Wieder minutenlanges Schweigen. Dann macht Rosta weiter: „Das klingt nicht schlecht, ist aber doch sehr theoretisch. Wie soll ich erkennen, ob ich den Sinn meines Lebens gefunden habe? Oder ob es jemand anderem gelungen ist?"

„Ganz einfach daran, wie ich dir schon erklärt habe, dass Du zufrieden bist und lächeln kannst (und sei es nur innerlich) und dass du das Gefühl hast, du könntest jederzeit, wenn es sein müsste, mit mir gehen."

„Das hört sich gut an," brummt Rosta, „aber als Anweisung für ein sinnvolles Leben ist es nicht besonders geeignet. Vielleicht für eine philosophische Abhandlung, aber nicht für die Praxis."

„Stimmt, nicht jeder Mensch neigt zum Philosophieren. Aber jeder Mensch hat diesen Detektor in sich, der ihm anzeigt, wie es um ihn steht. Da gibt es zwei gegensätzliche Positionen: Zufriedenheit hier, Frustration dort. Im Grunde weiß jeder Mensch zu jeder Zeit, ob das, was er tut oder denkt oder fühlt, in die eine oder andere Kategorie gehört, ob sein Leben ihn zufrieden macht oder nicht, ob es einen Sinn hat oder nicht. Ganz ohne große Worte, ohne Psychologie und Philosophie."

„Und wenn es mir schlecht geht, wenn ich leide", beharrt Rosta, „was ist dann? Hat mein Leben dann einen Sinn oder nicht?"

"Das darfst du nicht oberflächlich sehen. Auch das Erleiden von Schmerzen oder das Durchleben einer Katastrophe kann, auch wenn das vielleicht paradox erscheint, durchaus mit einer tiefen inneren Zufriedenheit einhergehen, mit dem Gefühl, dass etwas Höheres dahintersteckt. Selbst wenn du gerade gequält wirst, kannst du die Vision eines sinnvollen Wandlungsprozesses haben. Religiöse Menschen nennen das auch Läuterung. Wenn du dir angewöhnst, nach innen zu hören, kannst du die Wahrheit erfahren. Es ist nicht alles Gold, was glänzt, aber es ist auch nicht alles wertlos, was nicht glänzt. Du musst es immer wieder herausfinden, du musst lernen, auf deine innere Stimme zu hören, die ja nichts anderes ist als die direkte Verbindung zu dem, was die Ursache von allem ist, und das ihr als Gott bezeichnet.

Ich könnte es euch so leicht machen, wenn ihr mir vertrauen und geschehen lassen würdet, was geschehen muss. Ich bin doch euer Freund."

„Aber viel Freude machst du den Menschen dennoch nicht", entgegnet mein Onkel. *Er will immer noch ein bisschen provozieren.*

„Ja leider. Aber das ist nicht mein Fehler. Wie oft erinnere ich die Menschen daran, dass sie nur auf Abruf in dieser Welt sind, dass sie stets bereit sein müssen weiterzugehen! Immer wieder versuche ich es mit schönen und glücklichen Ereignissen, aber nur selten führt das dazu, dass sie dadurch dankbar und weiser werden."

„Was hat denn Dankbarkeit mit dir zu tun?", wundert sich Rosta.

„Tja, das verstehen nur die wenigsten. Wirklich dankbar zu sein hieße, sich einerseits über das Erfreuliche aus ganzem

Herzen zu freuen und andererseits sich gleichzeitig bewusst zu sein, dass es nur ein unverdientes und vergängliches Geschenk ist. Im freudigen Annehmen ist man zugleich bereit, wieder loszulassen. Aber wie gesagt, die meisten können das nicht, so dass ich statt dessen mit den vielen kleinen Verlusten, den Krankheiten, den Katastrophen versuche, sie aufzuwecken. Oder indem ich jemanden, den sie lieben, mit mir nehme. Sie aber weigern sich auch dann, etwas daraus zu lernen, und finden es nur einfach schlimm. Sie klammern sich fest und wollen immer so weiterzumachen wie vorher, weil sie nur ihre Wünsche und Vorstellungen im Blick haben. Irgendwann stürzen sie dann natürlich hart in die Realität ab."

Der Besucher schweigt.

„Ich versuche eine sanfte Landung. Mit mir hast du es leicht", erwidert mein Onkel, „ich bin bereit." Dabei richtet er seinen Blick auf den Besucher. Anfangs hatte er noch eine gewisse Scheu vor ihm, doch inzwischen hat er sich an ihn gewöhnt und fühlt, dass er ihm vertrauen kann. Der andere sagt nichts, aber in seinen Augen erscheint wieder dieses geheimnisvolle und gütige Lächeln.

Mein alter Onkel fühlt jetzt eine sehr angenehme Müdigkeit. Er greift wieder zu dem Glas mit dem Wein und trinkt den Rest. Dann öffnet er die Schublade des alten Tisches, holt das blaue Buch hervor und schreibt ein paar Verse, die ihn schon seit langem begleiten. Sie enden mit den Worten:

...die Möglichkeit, die aufsteigt wie ein Ruf.

ASTOR

Ich sitze auf der Bank vor dem Haus. Die Kerze flackert leicht, die Grillen singen. Die Nacht hat mich in ein Tuch aus dunklem Samt gehüllt. Auf meinen Knien das Buch mit dem blauen Ledereinband. Onkel Rostas Abschiedsgeschenk. Ich lese, und mir ist, als sitze er hier neben mir und erzähle mir eine Geschichte:

Heute ist es auf den Tag zwei Jahre her, dass ich meinen Freund Astor zum letzten Mal sah. Ich habe nach seiner Abreise lange auf eine Nachricht von ihm gewartet. Vergeblich.

Dennoch - wenn ich die Augen schließe, sehe ich ihn vor mir, mit diesem immer leicht belustigten Lächeln und seiner seltsam singenden Stimme. Und ich erinnere mich daran, wie ich ihn kennenlernte.

Damals war ich in großer Not. Eine Katastrophe hatte mich aus der Bahn geworfen. Ich war in einen Abgrund gefallen und wusste nicht mehr weiter. Ich hatte nicht nur meinen ganzen Besitz und meinen Platz in der Gesellschaft eingebüßt, sondern – und das wog viel schwerer - mir war auch der Sinn meines Lebens verloren gegangen. Alles, was mich bis dahin getragen und motiviert hatte, was mir Selbstvertrauen und Hoffnung gegeben hatte, war plötzlich zu sinnlosem Staub zerfallen und davon geweht.

Heute weiß ich, dass dies der entscheidende Wendepunkt in meinem Leben war. Welch großes Glück hatte ich doch, dass alles in Scherben ging - diese Trugbilder von Erfolg, Ruhm und Reichtum - und dass ich die Chance bekam, auf meinen eigenen Weg zu kommen. Damals aber wusste ich nur, dass ich das Licht suchen musste, das mich aus der Dunkelheit herausführen würde.

Also ging ich auf Wanderschaft. Ich hatte kein Ziel, sondern ließ mich treiben. Ich folgte einfach meinen Eingebungen: wenn mir ein Weg gefiel, schlug ich ihn ein, wenn mich eine Stadt interessierte, besuchte ich sie, wenn ich jemanden traf, der mir sympathisch war, sprach ich mit ihm. Keine Eile, keine Verpflichtung, keine klare Zukunft. Nur eine unnennbare Hoffnung, jemanden zu treffen, eine Antwort zu finden.

Eines Tages streifte ich durch ein Gebirge, das mir von ferne „zugewinkt" hatte. Ich wusste nicht genau, was mir an ihm gefiel, aber es zog mich einfach dorthin. Und da begegnete mir auf einem halb zugewachsenen Weg eine ungewöhnliche Erscheinung: ein alter Mann mit vielen Falten im von der Sonne gebräunten Gesicht und langem, weißem Haar. Er trat mit einem stillen Lächeln beiseite, um mich vorbeigehen zu lassen. Ein seltsam leuchtender Blick traf mich aus wässrig-blauen Augen. In diesem Augenblick wusste ich, dass ich Astor gefunden hatte. „Astor auf dem Berge", wie man ihn allgemein nannte.

Ich hatte hier und da von ihm gehört. Man hatte mir gesagt, es gebe einen weisen Mann in den Bergen, der auf alles eine Antwort wisse. Er mache oft seltsame Bemerkungen und rede ganz anders als die Pfarrer und die Lehrer und die Klugen des Landes. Er habe schon vielen Menschen geholfen, aber er sei unberechenbar, und seine Ratschläge seien oft radikal und schwer zu befolgen. Es gab nicht viele

Bewohner der Stadt, die Astor persönlich gesprochen hatten. Angeblich war der Weg zu ihm sehr mühsam und weit.

„Außerdem", so erklärte mir ein Kaffeehausbesitzer, mit dem ich ins Gespräch gekommen war, „fürchten die Leute Astors Offenheit. Wir Menschen haben halt Angst vor der Wahrheit", fuhr er fort. „denn wenn die ausgesprochen und uns bewusst geworden ist, können wir uns ihr nicht mehr entziehen. Sie zwingt uns oft zu ziemlich unangenehmen Konsequenzen. Eigentlich würden wir aber gerne so weiterleben wie bisher, selbst wenn wir wissen, dass dies der Grund für unsere Krankheiten oder Nöte ist. Ja ja, wasch mir den Pelz und mach mich nicht nass – so hätten wir's gerne", brummte er schließlich und winkte resigniert ab.

Der Wirt hielt durch Brieftauben Kontakt mit Astor. Wenn jemand in großer Not sei und nicht mehr weiter wisse, so erklärte er, könne er durch ihn an Astor eine Nachricht schicken. Die Antwort werde hier in dem Café ausgehängt. So habe Astor es angeordnet. Die Fragen stammten zwar von einem bestimmten Menschen, Astors Antworten seien aber immer an alle gerichtet, weil eigentlich alle die gleichen Probleme hätten.

Innen, neben der Eingangstür gab es tatsächlich eine große Tafel aus dunklem Holz. Auf ihr waren verschieden große Zettel befestigt. Sie trugen sorgfältig geschriebene Texte und auf einigen entdeckte ich auch kleine, bunte Zeichnungen.

Ein Zettel fiel mir sogleich auf - mir war, als sei er für mich persönlich dort hingehängt worden. Sofort war mir klar, dass Astor der Mensch war, der mir weiterhelfen konnte.

Suchst du das Glück?
Wo? In deinen Zielen und Wünschen?
Wann? In der Zukunft?

Schau hin: Es ist schon da: vor dir, um dich herum.
Klein, aber bunt, alltäglich, aber wirklich.
Zertritt es nicht!

Ihn zu treffen, erwies sich allerdings als sehr schwierig, denn obwohl alle Leute von ihm wie von einem Bekannten sprachen, wussten sie bei genauerem Nachfragen nicht viel über ihn. Alle berichteten von seiner Klugheit, und manchmal zitierten sie auch die eine oder andere wunderliche Aussage, die er gemacht haben sollte. Es gab sogar Leute, die behaupteten, er sei eigentlich ein König, andere hielten ihn dagegen für einen Zauberer. Aber wenn ich mehr wissen wollte - vor allem, wo er lebte -, machten sie nur vage Andeutungen. „In den Wäldern", sagten sie und deuteten irgendwo in die Ferne, oder „auf dem Berg", als wisse jeder, wo dieser sei.

Ich traf nie jemanden, der ihn persönlich gesehen hatte, und schließlich begann ich, ihn trotz der Erzählung des Kaffeehausbesitzers nur für ein Phantom zu halten. Eine jener Legenden, in die die Menschen alles, was sie ersehnen, hineindichten können. Einen jener Helden, die nur in ihren Wünschen und Träumen existieren und mit deren Hilfe sie sich beweisen, dass es doch irgendwo das Außergewöhnliche, Große und Gute gibt, nach dem sie sich in ihrer kleinen, farblosen Welt sehnen. Denn letztlich ist es ja immer nur die Hoffnung darauf, dass alles noch besser - oder gut - wird, die die Menschen morgens aufstehen und weitergehen lässt: die kleine Hoffnung der Verzagten und Gedemütigten, die freudige Erwartung der vom Glück Begünstigten oder die tiefe Sehnsucht der Suchenden.

Hatte ich Astor mit meinem Sehnen auf diesen Waldweg gerufen oder hatte er mich dorthin bestellt?

Wir wurden Freunde. Viele Stunden, ja Tage, haben wir miteinander im Gespräch verbracht, und dabei fand ich wieder zu mir zurück. Nicht nur durch Astors kluge und verblüffende Bemerkungen, sondern auch dadurch, dass wir einfach vorbehaltlos über das Leben sprachen und über die Dinge, die uns wichtig waren.

Ich erinnere mich genau an jenen letzten Abend mit ihm. Ich sitze vor meinem Haus und sehe auf das weite Land, das sich irgendwo am Horizont in einem nebelhaften Schimmern auflöst. Ein leichter Wind trägt die Düfte des Waldes herüber, streichelt meine Wangen. Die untergehende Sonne lässt den Himmel rosa aufleuchten. Ich spüre eine unerklärliche Unruhe.

Da steht auf einmal Astor vor mir, mit einem geheimnisvollen Ausdruck in seinem Gesicht. Was hat er nur, frage ich mich, was bringt er mit?

"Lieber Freund", sagt er und seine Stimme klingt feierlich, „du weißt, dass ich einen außergewöhnlichen Ratgeber aus einer anderen Welt habe. Ich habe ihn immer Gevatter genannt wegen der Rolle, die er ursprünglich in meinem Leben gespielt hat, man könnte ihn aber auch als Engel oder als guten Geist bezeichnen. Vor einer Woche ist er mir wieder erschienen."

Bei diesen Worten weiß ich, dass das, worauf ich seit einiger Zeit unbewusst gewartet habe, jetzt eintreten wird.

„Die Zeit ist gekommen", fuhr Astor fort. „Ich war zwar schon lange auf diesen Augenblick eingestellt, aber bis jetzt war es nur ein Gedanke, nichts Reales.

Ich träumte, ich sei in einer hellen Nacht – der volle Mond stand gleißend am Himmel – in einen lichten Wald aus hohen, schlanken Bäumen gegangen. Meine Krankheit war mit all ihren Schmerzen zurückgekehrt. Etwas führte mich auf eine kleine Lichtung. Der Mond ließ die feinen Nebelschwaden, die um mich herum aufstiegen, perlmuttfarben schimmern, auf der Wiese funkelten unzählige Tautropfen wie winzige Brillanten, Herbstzeitlose leuchteten lila in der Dunkelheit, und Unken läuteten zahllose feine Glocken. Es war eine magische Szene.

Plötzlich warfen mich meine Schmerzen mit einer Wucht, wie ich sie bisher nicht erlebt hatte, ins taunasse Gras, und während ich nach Atem rang und verzweifelt um mich blickte, verdichtete sich der Nebel kurz zu einer Gestalt, die sich gleich darauf wieder auflöste. Sofort wusste ich, dass dies mein Gevatter war. Er schien leicht die rechte Hand zu heben, als wolle er mich grüßen. In diesem Moment erwachte ich schweißgebadet. Ich verstand sofort. Er hat mir das versprochene Zeichen gegeben, er ist mir zum dritten Mal erschienen. Meine Erdenzeit geht zu Ende.

Doch es ist seltsam: obwohl ich mich in den letzten Jahren, natürlich auch wegen meines Alters, darauf vorbereitet habe, sträubte sich sofort etwas in mir vehement dagegen. Ich hatte plötzlich das Gefühl, auf einem schnellen Fluss zu treiben und nichts dagegen unternehmen zu können. Ich war sehr verwirrt. Immer hatte ich mir vorgestellt, wie es sein würde, wenn ich den Ruf bekäme: wie ich dann bereitwillig und gelassen gehen würde.

Doch es war ganz anders: jetzt wollte ich auf einmal nicht sterben, alles schien mir so wichtig und so schön, und ich meinte, noch so viel zu tun zu haben.

Da weiß man seit vielen Jahren, dass man eines Tages diese Welt verlassen muss, da hat man sich in vielen Denkprozessen darauf eingestellt und es gut geheißen, da hat man sich vorgestellt, wie leicht und selbstverständlich alles ablaufen würde, und plötzlich, wenn es so weit ist, sieht alles anders aus. Nein! war meine erste Reaktion, ich will noch nicht sterben, jedenfalls nicht jetzt. Später – ja, da würde ich bereit sein. Jetzt aber wurde ich nur von einem Gedanken beherrscht: noch nicht!

Dieser Traum war so real und die Gefühle, die ich dabei hatte, so intensiv, dass ich sogleich gehetzt überlegte, wie ich noch etwas Zeit herausschinden könnte. Das hat mich wirklich überrascht.

Aber ich habe erkannt, was es ist: es ist das Animalische in mir. Die Kraft, die unseren Körper funktionieren lässt und ihn zusammenhält. Es ist dieses irdische Leben, das sich in jeder einzelnen Zelle dagegen wehrt zu enden. Leben will leben, es will nicht aufhören, es will unendlich in dieser Welt fortdauern, in welcher Form auch immer.

So ging es einige Tage, in denen ich mich innerlich aufbäumte und mit allem haderte. Nach und nach jedoch beruhigte ich mich und konnte wieder klarer denken. Was will ich denn wirklich?, fragte ich mich und versuchte, ganz in mich hineinzuhören. Die Antwort wurde immer deutlicher: eigentlich nichts anderes als das, was mir bestimmt ist. Wie hat ein weiser Mann einst gesagt: *Etwas Besseres als mein Schicksal kann ich nicht finden!* Und ich füge hinzu: natürlich auch nichts anderes. Eigentlich habe ich aber noch mit vielen Jahren in diesem Leben gerechnet, denn es geht mir ja sehr gut."

Astor sah mir sekundenlang eindringlich in die Augen, als suche er dort eine Antwort: Zustimmung oder Widerspruch. Wir schwiegen. Ich fühlte, wie etwas Bedrohliches nah an mich heranrückte, das meinem derzeitigen Leben seine Bedeutung zu nehmen suchte. Zugleich verspürte ich aber auch eine seltsame Faszination und Ergriffenheit, die mich für einen kurzen Moment bereit machte für alles.

„Mein Traum geht mir nicht aus dem Kopf. Er hat mich sehr wach gemacht, und ich bin gespannt, wie es jetzt weitergehen wird." fuhr Astor plötzlich fort. „Wir haben oft darüber gerätselt. Nun werde ich es erfahren. Der Augenblick, in dem wir diese Welt verlassen, ist ja ganz einmalig und wahrscheinlich der wichtigste in unserem Leben. Ich möchte ihn ganz bewusst, mit aller mir möglichen Wachheit, erleben und nichts dabei versäumen.

Heute Morgen teilte mir übrigens meine Tochter mit, dass sie sich entschlossen hat, wieder ins Schloss zu ziehen. Ich glaube, sie hat sich in den netten jungen Mann verliebt, den du neulich bei uns gesehen hast. Ich werde sie begleiten und ihr eine Zeitlang helfen. Die Einsamkeit hier oben in den Bergen ist nichts für sie, sie muss jetzt das normale Leben kennenlernen. Leb wohl, Rosta. Wo und wie werden wir uns wohl wiedersehen?" Er blickte etwas wehmütig in die Ferne und rief dann aus: „Wie spannend ist doch das Leben! Oder soll ich sagen: die Leben?"

Gerade als er dies rief, kam seine Tochter, heiter und beschwingt wie immer, aus dem Wald und legte ihm einen Arm auf die Schulter. "Habt ihr alles besprochen? Euch verabschiedet? Ein paar Tränen zerdrückt?", fragte sie lachend. "Dann kann es ja losgehen.“

So leicht, so selbstverständlich hatte ich mir unseren Abschied nicht vorgestellt. Eigentlich hatte ich überhaupt nie damit gerechnet. Bevor sie im Wald verschwanden, drehten sie sich noch einmal um und winkten mir zu. Ich sah ihnen wie benommen hinterher.

Als ich neulich zu Astors Haus ging, traf ich dort fröhliche Menschen, die ich nicht kannte. Eine arme Familie, die auf der Suche nach einer Heimat durch die Welt gezogen war, hatte sich in Astors Haus glücklich niedergelassen. Sie hatten eine an die Tür geheftete Botschaft entdeckt: „Wer dieses Haus findet, darf es nehmen und so lange bleiben, wie er will." Kinderlachen, ein freundliches junges Paar und zwei vergnügte Hunde empfingen mich. Über Astor wussten sie nichts.

Seine Botschaften aber werden noch heute in dem Café aufbewahrt. Ein paar davon habe ich kopiert. Vielleicht zeige ich sie euch einmal.

Mit der Zeit begannen die Leute, Astor zu einer Legende zu machen. Ich aber will berichten, wie er wirklich war - oder zumindest, wie ich ihn erlebt habe. Ich hatte immer versucht, mehr über ihn zu erfahren, aber stets winkte er ab.

„Alles, was ich jemals erlebt, gefühlt, gedacht und getan habe, liegt in dem, was ich heute bin, und spricht aus dem, was ich sage und wie ich handle", erklärte er. „Sieh einfach genau hin, nimm wahr, was du fühlst, und du wirst alles, was wichtig ist, über mich wissen.

Nicht die Stellung, die wir in dieser Welt einnehmen, nicht die Meinung anderer Menschen, nicht der Schein, den wir erwecken, ist von Bedeutung, sondern das, was an uns wahr ist. Wer will, kann in ihm die Antwort finden, die er sucht. Jeder Mensch ist ja ein Botschafter aus einer anderen Welt – seiner Welt. Ich brauche dir meine Geschichte nicht zu erzählen, das kannst du selbst. Male sie dir aus, wie es dir gefällt, mach aus mir den Menschen, den du dir wünschst."

So habe ich mich, nachdem er aus meinem Leben verschwunden war, daran gemacht, das Bild zu zeichnen, das mir von ihm geblieben ist. Dabei habe ich bemerkt, wie wenig ich ihn tatsächlich gekannt habe und wie viele Geheimnisse ihn umgaben, obwohl er doch mein Freund war.

Aber geht uns das nicht mit allen Menschen so, selbst denjenigen, die wir lieben? Wieviel wissen wir voneinander? Nur das, was wir sehen wollen und können, nur das, was uns wichtig ist. Dennoch ist jeder von uns viel mehr: wir haben so viele Gesichter und Seiten, wie es Menschen gibt, die uns kennen und betrachten. Was sie in uns sehen, das sind wir für sie, und was wir in einem anderen sehen, das ist er für uns. Wir sind Spiegelbilder, die sich in Spiegelbildern spiegeln: geheimnisvoll, vielgestaltig, überraschend und zugleich vertraut. Wir können ja die Dinge nur mit unseren eigenen Augen sehen, den äußeren und den inneren, und was wir erkennen, kennen wir letztlich aus uns selbst. Wir wissen zwar alles über die Welt, aber nur wenig davon wird uns bewusst. Die Bilder, die von außen in uns eindringen, lassen in uns jene Bilder, die in der Tiefe unserer Seele liegen, lebendig werden. Unser Leben ist ein ununterbrochenes Erwachen in eine immer wirklicher werdende Welt.

Hier ist die Geschichte von „Astor auf dem Berge", wie ich sie mir mithilfe dessen ausgemalt habe, was ich an ihm wahrgenommen habe, was er mir erzählt hat und was in mir noch heute von ihm lebendig ist.

Es war zur Zeit der großen Königsspiele. Die Herrscher spielten wieder einmal mit ganzem Einsatz, weil sie noch mächtiger und reicher werden wollten. Dafür nahmen sie Tod, Not und Elend ihrer Untertanen in Kauf. Sie saßen in ihren Palästen und opferten wie auf elektronischen Spielbrettern skrupellos die Menschen, die ihnen anvertraut und ihrer Macht ausgeliefert waren. Denn sie sahen in ihnen keine Mitmenschen, die genau wie sie selbst litten und leben wollten, sondern betrachteten sie als Figuren eines amüsanten Spiels, die man nach Belieben hin und herschiebt, um irgendwelche Vorteile zu erringen.

So spielten und spielten sie, so führten sie Kriege und verbreiteten Terror, bis sie die halbe Welt zerstört hatten. Ihre Untertanen aber, die ihrer Macht ausgeliefert waren, mussten dafür bezahlen.

Es war ein hartes Leben damals. Astor war noch nicht auf der Welt, und seinen Eltern ging es sehr schlecht. Keine Arbeit, kein Geld, kein Essen.

„Kannst du dir vorstellen, wie man sich fühlt, wenn man von erfolgloser Arbeitssuche mit leeren Händen nach Hause kommt, und die Kinder sitzen hungrig am Tisch und blicken dich vorwurfsvoll an? Und deine liebe Frau, die sich Tag und Nacht Sorgen macht, sieht so grau und verhärmt aus, dass du es kaum wagst, sie anzuschauen.“

So schilderte ihm sein Vater später seine Situation. Er versuchte alles, damit es seiner Familie besser ginge, aber nichts glückte ihm. Höchstens hier und da ein bisschen Handgeld, eigentlich nur Almosen, wenn ihm eine mitfühlende Seele etwas Arbeit gegeben hatte. Aber für mehr, als um einen oder zwei Tage zu überleben, reichte es nie.

Doch irgendwie schlugen sie sich durch – recht und schlecht. Eher schlecht, genau gesagt: hundsmiserabel.

Und da kündigte sich eines Tages noch einmal Nachwuchs an!

„Es war nicht so, dass wir uns nicht über unsere Kinder gefreut hätten. Sie waren ja eigentlich das, was Freude in unser Leben brachte, Sonnenschein, Lachen, aber natürlich auch Sorgen, weil wir ihnen nicht geben konnten, was sie gebraucht hätten. Und nun noch ein Kind! Na ja, letztlich können wir nicht über unser Leben bestimmen. Ins Schicksal muss man sich schicken, und Geschenke muss man annehmen", erinnerte sich Astors Vater. So lag eines Tages ein Neugeborenes in ihrem Bett: Astor.

„Und", so erzählte ihm sein Vater später, „es war für uns wie ein Wunder. Du sahst uns so seltsam mit deinen großen blauen Augen an, als wüsstest du schon alles über das Leben, als kenntest du seine Geheimnisse, als besäßest du die Erfahrung von Jahrhunderten. Mir wurde auf einmal klar, dass du ein besonderer Mensch seiest, und diese Erkenntnis ließ mir einen Schauer den Rücken hinunterlaufen. Wie kamen wir einfachen Leute dazu, ein solches Kind geschenkt zu bekommen?

Seit du bei uns warst, ging es uns seltsamerweise auch besser, obwohl wir doch nun einen weiteren Esser hatten.

Du hast uns Glück gebracht. Es schien uns oft so, als wache irgendjemand über dir und damit auch über uns.

Dennoch – hart blieb das Leben weiterhin, und da wir so arm waren, trat ein neues Problem auf: ich konnte keinen Gevatter für dich finden.

Du wurdest größer und die Zeit drängte. Aber wen von  unseren Freunden ich auch fragte, alle lehnten ab. Sie hatten ja selbst genug Sorgen, schlugen sich mühsam durchs Leben und wollten sich nicht noch mehr Verantwortung aufladen. Es war eine schier ausweglose Situation.

Du, Astor, gediehst zwar gut, warst niemals krank und machtest uns keinerlei Sorgen. Aber wir brauchten nun einmal einen Gevatter, der dich als treuer Helfer und Berater durchs Leben begleiten würde.

So machte ich mich eines Tages auf den Weg, einen Gevatter für dich zu suchen.

Ich wanderte durch das ganze Land, und in meiner Not fragte ich alle, die mir geeignet erschienen - von hohen, überheblichen Herren, die mich nur auslachten, bis zu einfachen, ehrlichen Menschen, die bedauernd ablehnten. Ich hatte mir aber geschworen, einen Gevatter zu finden, und sei es der Tod, wie ich mir in einem Augenblick der Verzweiflung grimmig sagte, was ich aber natürlich nicht wirklich ernst meinte.

So wanderte ich eines Tages wieder allein die staubige Landstraße entlang. Da glaubte ich auf einmal eine schattenhafte Gestalt zu sehen, die neben mir herging.

Sie ging mit der gleichen Geschwindigkeit wie ich. Ob ich meinen Schritt verlangsamte oder beschleunigte, sie blieb an meiner Seite. Ich konnte sie aber nicht richtig erkennen, denn immer, wenn ich sie genau zu betrachten versuchte, verschwand sie wie ein Spuk.

Dennoch empfand ich keine Angst in ihrer Gesellschaft. Im Gegenteil, je länger diese Gestalt mich begleitete, desto mehr gewöhnte ich mich an sie, denn sie tat mir ja nichts, und es ist auf jeden Fall angenehmer, in Gesellschaft zu reisen als so allein, wie ich es bis dahin tun musste.

Von Zeit zu Zeit versuchte ich, sie durch einen plötzlichen Seitenblick zu überraschen, doch es war immer dasselbe:

nichts zu sehen, obwohl ich genau wusste, dass sie gerade noch da gewesen war.

Schließlich begann ich einfach, mit ihr zu sprechen. Eigentlich war es kein richtiges Gespräch, denn ich bekam ja keine Antwort. Aber das war immer noch besser, als dauernd zu schweigen.

So erzählte ich meinem schattenhaften Begleiter, dass ich auf der Suche nach einem Gevatter für meinen Sohn sei und dass ich niemanden finden könne, der sich diese große Aufgabe zutraute. Denn inzwischen schien mir, dass alle nur deshalb ablehnten, weil sie eine unerklärliche Scheu vor dir, Astor, empfanden und meinten, dieser Verantwortung nicht gewachsen zu sein.

Während ich meinem rätselhaften Begleiter hiervon erzählte, rutschten mir auf einmal die Worte heraus: Wahrscheinlich bleibt mir nur der Tod als Gevatter, denn der fürchtet sich vor nichts.

Da vernahm ich ein leises Lachen und die Gestalt sagte: *„Endlich rufst du mich. Ich gehe schon einen so weiten Weg mit dir, aber solange du mich nicht erkanntest, musste ich schweigen."*

Erstaunt blickte ich zur Seite und sah eine seltsame Gestalt. Sie schien zwei Gesichter zu besitzen: eines war ernst und streng und das andere war wie das freundlich lächelnde Antlitz einer Frau.

Es war verwirrend: besaß die Erscheinung im einen Augenblick einen ernsten Ausdruck, so war dieser im nächsten auf einmal fröhlich, um danach aber wieder ernst zu werden, und so fort. Es kam sogar vor, dass beide Gesichter zur gleichen Zeit erkennbar waren.

So sonderbar und unbegreiflich dies war, für mich gab es keinen Zweifel, dass dies der Tod war, der zu mir sprach. Ich erschrak aber nicht, sondern sagte ganz spontan (darüber habe ich mich später noch oft gewundert): ‚Dann willst du also der Gevatter meines Sohnes werden?'

‚*Aber gewiss*', antwortete die Gestalt, ‚*du hast mich doch darum gebeten.*'"

Astors Vater verstummte, denn es hatte ihm die Sprache verschlagen. Die Gestalt aber fuhr fort: „*Ich werde deinem Sohn ein guter Gevatter sein. Du könntest keinen besseren für ihn finden, denn er ist kein Mensch wie jeder andere. Er ist zu etwas Besonderem berufen. Er wird ein großer Heiler werden.*"

Er schwieg für längere Zeit, und Astors Vater ging wie in Trance weiter die Straße entlang.

„*Sorge dich nicht um ihn. Ich werde immer bei deinem Sohn sein, wenn er mich braucht, und ihm helfen, die Kranken zu heilen*", ließ sich die Gestalt auf einmal wieder vernehmen. „*Nur eines muss er beachten - lehre es ihn gut!: wenn er zu einem schwer kranken Menschen gerufen wird und Zweifel hat, ob er ihn retten kann, so soll er darauf achten, ob ich anwesend bin. Wenn er mich am Kopfende des Krankenbettes stehen sieht, kann er seine Behandlung durchführen und wird Erfolg haben. Sieht er mich aber*

am Fußende, so ist dieser Mensch mein. Ich muss ihn mit mir nehmen, und dein Sohn soll ihm dabei helfen, mir in Frieden zu folgen. Auf keinen Fall darf er versuchen, mich daran zu hindern und den Kranken mit Gewalt zurückzuhalten. Denn dann werde ich nie mehr etwas für ihn tun können."

Als er dies hörte, wandte sich Astors Vater wieder erstaunt der geheimnisvollen Gestalt zu. Doch sie war verschwunden, und auf die vielen Fragen, die er noch stellte, bekam er keine Antwort.

Voller Freude kehrte er nach Hause zurück. Nur seiner Frau erzählte er vom Ergebnis seiner Reise, und sie beschlossen, niemandem davon ein Wort zu verraten.

Das Tauffest wurde gefeiert, und alle wunderten sich, was für ein vornehmes, noch nie gesehenes Paar die Patenschaft für Astor übernahm. Alle fanden, dass er großes Glück habe – völlig unverdient, wie einige voller Neid bemerkten.

Von diesem Tag an ging es Astors Familie viel besser. Sein Vater bekam eine gute Arbeit angeboten und konnte endlich die hungrigen Münder stopfen. Auch seine Mutter erholte sich.

Schließlich gingen seine Geschwister eines nach dem anderen aus dem Haus, um ihr eigenes Leben zu führen, und als es für Astor Zeit war, einen Beruf zu ergreifen, kam eines Tages die Nachricht von der Universität, dass ein Platz zum Studium der Medizin auf ihn warte, den ein unbekannter Gönner bezahlt habe. So wurde er ein Arzt.

Er war in seinem Beruf nicht besser und nicht schlechter als seine Kollegen und behandelte die Menschen, so gut er konnte und wie er es gelernt hatte. An manchen Tagen machte ihm sein Beruf Freude und an anderen nicht, einmal hatte er Erfolg und ein andermal nicht.

Und wenn er nicht jenes denkwürdige Erlebnis gehabt hätte, von dem gleich die Rede sein soll, wäre sein Leben in ganz normalen Bahnen verlaufen. Es hätte sich nur in Kleinigkeiten von dem seiner Freunde und Kollegen unterschieden, und er wäre nie ein Heiler geworden.

Er wurde mitten in der Nacht zu einem Kranken gerufen und sah sofort, dass Lebensgefahr bestand. Bisher hatte er noch nie so einen ernsten Fall zu behandeln gehabt. Die Menschen litten zwar unter allen möglichen Krankheiten, die wohl auch viel Leiden mit sich brachten, aber wirklich gefährlich waren sie nie.

Er fühlte sich hilflos und nichtig und wusste nicht, was er tun sollte. Weil ihn aber die Angehörigen so verzweifelt und zugleich vertrauensvoll ansahen, nahm er all seinen Mut zusammen und trat an das Bett des Kranken. Insgeheim hoffte er auf irgendeine Eingebung. Da bemerkte er am Kopfende eine seltsame Gestalt, die ihn durchdringend anblickte. Er musste zweimal hinsehen, so überrascht war er. Denn sie kam ihm irgendwie bekannt vor.

Und dann erinnerte er sich an die Erzählung seines Vaters. Dieser hatte ihm ja bei Beginn seines Studiums erzählt, unter welchen Umständen er Astors Gevatter gefunden und was dieser ihm aufgetragen hatte. Astor hatte diese Geschichte nicht ernst genommen, obwohl sie ihm gut gefiel, weil er sich dadurch privilegiert fühlte. Außer bei der Taufe und in Form des überraschenden Stipendiums hatte er nie mehr etwas von seinem geheimnisvollen Gevatter gesehen oder gehört, und so führte dieser in Astors Denken nur eine Art Geisterdasein, wie eine Gestalt aus einem Märchen.

Und da war er auf einmal! Genauer gesagt: es war die Begleiterin jenes vornehmen Herrn, der damals bei seinem Tauffest erschienen war. In seiner Erinnerung waren beide aber eine Einheit, wie die Varianten eines Hologramms, das je nach Blickwinkel verschiedene Bilder erscheinen lässt. Astor wusste sofort, dass dies die Situation war, die der Gevatter prophezeit hatte: Er würde ihm in seinem Beruf helfen und bei Gefahr am Bett der Kranken erscheinen, um ihm zu zeigen, was er tun sollte.

Die freundlich lächelnde Gestalt gab ihm ein Zeichen. Ein Schauer lief ihm den Rücken hinunter, und er verstand sofort: er durfte seine Kunst einsetzen, und es würde gut ausgehen. Er beruhigte die Angehörigen und begann zuversichtlich mit der Behandlung. Die Heilung war ein richtiges Wunder, denn niemand hatte mehr geglaubt, dass sie möglich sei.

Das war Astors erste richtige Begegnung mit dem Gevatter, und sie hatte weitreichende Folgen. Denn nun begann er wirkliche Freude in seinem Beruf zu finden, weil er sich jedem Krankheitsproblem gewachsen fühlte. Zitterte er vorher bei den schwierigen Fällen, weil er nicht wusste, ob er Erfolg haben würde, und weil er darauf eingestellt war, den Tod eines Patienten als sein persönliches Versagen zu betrachten, so änderte sich nach diesem Erlebnis seine Einstellung.

Er wusste jetzt, dass es letztlich nicht von ihm abhing, ob ein Patient starb oder wieder gesund wurde, sondern von seinem Gevatter. Er selbst war dafür ja nicht verantwortlich. Außerdem konnte er nun oft die nicht mehr erwartete Heilung garantieren, wenn er die lächelnde Gevatterin am Bett stehen sah.

So wurde er berühmt. Die kranken Menschen kamen von überall her, und meistens konnte er ihnen helfen. Damals betrachtete Astor sich oft sehr selbstgefällig im Spiegel und hielt sich für den größten Arzt im ganzen Lande.

Eines Tages aber wurde er wieder zu einer Kranken gerufen. Es war die Frau eines Ministers im königlichen Schloss. Zuversichtlich betrat er ihr Gemach, und nach einem Blick zum Kopfende, der ihm inzwischen zur Routine geworden war, wollte er den Angehörigen schon die Heilung in Aussicht stellen, weil ihm die Krankheit auf den ersten Blick nicht so schwer erschien. Wie sehr erschrak er daher, als er den Gevatter am Fußende stehen sah: diesmal als ernste, unbewegliche Gestalt. Er wusste sofort, was das bedeutete.

Er konnte keinen klaren Gedanken mehr fassen. Alles war auf einmal anders als sonst. Normalerweise hätte er sogleich erfolgsgewohnt mit der Behandlung begonnen, doch jetzt war er wie gelähmt.

Denn ihm war ja schlagartig bewusst geworden, dass er nichts unternehmen durfte und die Kranke dem Tod überlassen musste. Diese Erkenntnis war ein extremer Schock für ihn. Er war gewöhnt, Herr der Lage zu sein und alle Probleme erfolgreich zu lösen. Jetzt aber hatte sich alles geändert. Er musste gewissermaßen wieder von vorne anfangen. Denn instinktiv erkannte er, dass es hier nicht nur um seine Patientin ging, sondern auch um ihn selbst.

Was sollte er tun? Eine unerträgliche Qual ergriff ihn: da war diese Kranke, deren unausweichlicher Tod ihm ans Herz ging, da waren die Angehörigen, die ihn so flehentlich anblickten, da war ein brennendes Schuldgefühl, weil er als Arzt versagen würde, und da war die niederschmetternde Erkenntnis seiner Ohnmacht.

Mit Entsetzen wurde ihm auf einmal bewusst, dass wir nicht Herr über unser Leben sind und letztlich immer nur das tun können oder über uns ergehen lassen müssen, was uns bestimmt ist. Dass wir nicht die Spieler, sondern die Spielfiguren sind.

Seine Patientin war dem Tod ausgeliefert, und er war es auf andere Weise ebenfalls. Ihrer beider Leben war untrennbar und unabänderlich miteinander verknüpft worden.

Dieser unerwartete Blick in einen Abgrund, von dessen Existenz er bisher nichts geahnt hatte, war eines der wichtigsten Erlebnisse seines Lebens. Ihm war, als hätte sich eine bisher verschlossene Tür geöffnet und die Sicht auf ein unbekanntes, Furcht erregendes Land freigegeben, das er nun betreten musste.

Wie in Trance wandte er sich den Angehörigen zu und schüttelte nur leicht den Kopf. Sie verstanden sofort, und - auch das war eines der Wunder dieses Augenblicks – sie wehrten sich nicht. Kein lautes Wehgeschrei, kein herzzerreißendes Schluchzen. Es war, als hätte auch sie der fromme Schauer erfasst, den Astor gefühlt hatte, als er akzeptierte. Alle wussten, dass es so sein musste und dass es so richtig war.

Statt mit seiner üblichen Therapie zu beginnen, winkte er die Angehörigen ans Bett heran und verteilte mit zarten Fingern einige Tropfen aus einer kleinen Flasche auf der Stirn der Kranken. Diese Medizin hatte er selbst eines Tages, von einer plötzlichen Intuition geführt, aus heilsamen Kräutern und Blüten hergestellt. Er verwendete sie immer, wenn seine übliche Behandlung versagte und er nicht mehr weiter wusste.

Friede breitete sich auf dem Gesicht der Kranken und im ganzen Gemach aus. Sie alle, die Angehörigen, Astor und wahrscheinlich auch die Sterbende, ahnten, dass sie in einem feierlichen Geschehen vereint waren. Ihr Atem wurde ruhiger und immer schwächer, und dann verschied sie sanft wie eine erlöschende Flamme.

So war doch noch alles gut gegangen, wenn auch auf eine Weise, die Astor niemals erwartet hätte.

Seit diesem Erlebnis hatte sich sein Verhältnis zu den Menschen und zum Leben geändert. Es ging für ihn nun um etwas anderes. Die bisherige Hintergrundskulisse auf der Bühne seines Lebens war verblasst und dahinter ein neuer, viel tieferer Horizont erschienen, in den hinein jetzt ein geheimnisvoller Weg führte. Seine Perspektive reichte jetzt nicht mehr nur von der Geburt bis zum Tod, sondern darüber hinaus. Der Tod erschien ihm jetzt nicht mehr als das Ende von allem, sondern als eine Art Schwelle zu einem neuen Seinsraum. Diese neue Sichtweise machte ihn noch zufriedener und sicherer in seinem Beruf, denn nun hatte alles einen anderen, tiefer gehenden Sinn bekommen.

Und obendrein war das Gegenteil von dem eingetreten, was er damals im ersten Erschrecken befürchtet hatte: er hatte durch den Tod seiner Patientin nicht seine Reputation als Arzt verloren, sondern im Gegenteil viel dazu gewonnen, weil die Menschen spürten, dass er mehr sah und wusste als sie. Dieses Erlebnis hatte aber noch andere Folgen, die ebenso weitreichend für sein Leben waren und ihn durch viele Höhen und Tiefen führen sollten.

Als Astor nämlich das Schloss wieder verließ - noch immer ergriffen von dem, was er erlebt hatte -, kam ihm eine silberne Limousine entgegen, die so groß war, dass er beiseitetreten musste. Sie trug das königliche Banner.

Neugierig blickte er in das Innere des Wagens, und da traf es ihn wie ein Blitz. Er erblickte das schönste Wesen, das er je gesehen hatte: die königliche Prinzessin. Und damit änderte sich sein Leben in Sekundenschnelle noch einmal. Das Gefühl einer wunderbaren Verheißung erfüllte ihn, denn sie hatte ihn bemerkt und ihm einen Blick zugeworfen, in dem er Erstaunen und plötzliche Freude aufleuchten sah.

Hier hatte Astor eine Pause in seiner Erzählung gemacht und kurz nachgedacht. „Meine Aussage, sie sei das schönste Wesen, muss ich natürlich etwas relativieren. Schönheit lässt sich ja nicht absolut definieren, sondern ist ein ganz und gar subjektiver Wert. Jeder Mensch versteht darunter etwas anderes. Wenn ich von Rosas Schönheit schwärme, stellst du dir natürlich genau jenen Frauentyp vor, für den du selbst schwärmen würdest. Möglicherweise hättest du sogar, wenn du Rosa persönlich kennengelernt hättest, dich gefragt, weshalb ich so entzückt sei. Tatsächlich war sie ja auch keine jener aufgemachten Plakatschönheiten, die überwiegend aus einer gefälligen Hülle bestehen. Ihre besondere Schönheit lag in dem, was sie ausstrahlte, was sie als Mensch darstellte. Aus ihr sprach etwas, was mich verzauberte. Ist es das, was man unter Charme versteht, oder ist es die Schönheit der Seele? Richtiger wäre es daher, wenn ich sagen würde: sie hat mir über alle Maßen gut gefallen und in mir jenes innere Bild lebendig werden lassen, das ich mit Schönheit verbinde."

In diesem Augenblick erfuhr Astor etwas, von dessen Existenz er zuvor keine Ahnung gehabt hatte: die schicksalhafte Liebe zu einer Frau. So müssen sich religiöse Menschen fühlen, wenn sie Erleuchtung erleben. Natürlich hatte er - vor allem in Gedichten - von dieser Art der Liebe gelesen, aber das war immer nur Theorie oder eine vage Ahnung gewesen. Plötzlich wusste er, dass es sie wirklich gibt. Nie zuvor hatten die Frauen, die er bisher gekannt hatte, ihn so sehr in seinem Inneren berührt, nie zuvor hatte er das Unausweichliche einer solchen Liebe erfahren, und instinktiv wusste er, dass sie sein weiteres Leben bestimmen würde.

Die Limousine glitt vorbei und verschwand hinter den Toren des Schlosses, doch das Bild von der Prinzessin, das in sein Innerstes eingebrannt war, leuchtete weiter und machte ihn unfähig, sich zu bewegen. Nur ein Gedanke beherrschte ihn: dies ist die Frau deines Lebens! Wir sind für einander bestimmt. Unfassbare Seligkeit überflutete ihn.

Doch gleichzeitig überfiel ihn tiefe Hoffnungslosigkeit. Denn er wusste nicht, ob sie seine Liebe erwidern würde, und außerdem war es ohnehin unwahrscheinlich, ja unmöglich, dass sie je zusammenfinden könnten.

Vergiss sie! sagte er daher sogleich zu sich. Mach dich nicht unglücklich. Das ist ein schöner Traum, mehr nicht.

Aber wie soll die nüchterne Stimme des Verstandes die süße Poesie der Gefühle zum Verstummen bringen?

„Glück und Verzweiflung – kann man diese Gegensätze gleichzeitig empfinden?" fragte er mich, als er mir später dieses Erlebnis schilderte. „Ja", antwortete er sogleich selbst. „Es zerreißt dich, aber es zeigt dir auch, dass alles möglich ist."

Seit den Erlebnissen auf dem königlichen Schloss fand Astor keine Ruhe mehr. Er war dem Tod persönlich begegnet, und er hatte die Liebe gefunden. Große Geheimnisse des Universums waren ihm mit einem Schlag offenbart worden, und das überstieg für lange Zeit sein Fassungsvermögen. Die Welt, in der er so ruhig und geborgen gelebt hatte, war verloren gegangen, in viele Stücke zerbrochen. Er war unendlich beglückt und zugleich tief verwundet, er war ohne jede Hoffnung und hoffte doch mit seiner ganzen Kraft, er war erschüttert und oft unfähig, sich seinen Patienten zuzuwenden.

Schließlich schickte er der Prinzessin anonym ein Gedicht:

Die Welt stand still,
als du mein Herz berührtest,
und jene Melodie, die seither in mir klingt, -
du hörst sie in dem süßen Lied des kleinen Vogels,
der abends dir von meiner Sehnsucht singt.

Ob sie es lesen würde, wusste er natürlich nicht, aber liebende Menschen sind nun einmal nicht realistisch, sie leben in einer Welt, in der alles möglich ist. Er glaubte fest, dass seine Botschaft sie auf irgendeine Weise erreichen würde, denn er war ja überzeugt, dass sie für einander bestimmt seien.

So verging einige Zeit. Er fand seinen Seelenfrieden teilweise wieder, weil ihm eine innere Stimme sagte, dass alles gut ausgehen würde. Sein Ruf als außergewöhnlicher Arzt verbreitete sich im ganzen Land, und immer mehr Angehörige der höchsten Kreise begaben sich in seine Behandlung. Kaum ein Tag verging, an dem er nicht ins Schloss gerufen wurde. Die Prinzessin aber bekam er nie zu sehen. Sie lebte zurückgezogen, einerseits, weil sie die Stille liebte, und andererseits, weil ihr verwitweter Vater, der sehr eifersüchtig und überheblich war, alle Kontakte zum „gemeinen Volk" verhinderte.

Eines Tages aber wurde Astor von seinen vornehmen Gönnern zum jährlich stattfindenden Schlossball eingeladen, an dem auch der König und seine Tochter teilnahmen. Natürlich war es normalen Menschen nicht erlaubt, mit der Prinzessin zu tanzen. Das war den Angehörigen der höchsten Kreise und den geladenen potentiellen Freiern aus anderen Herrscherhäusern vorbehalten. Aber immerhin bestand für Astor, der nichts anderes im Sinne hatte, als irgendwie mit ihr Kontakt aufzunehmen, die Möglichkeit, sie aus der Nähe zu sehen. Sie tanzte - offensichtlich gelangweilt - mit einem Freier. Und da geschah es zum zweiten Mal, dass sie ihm einen Blick zuwarf, der tief in ihn eindrang. Er fühlte, wie sein Herz stehen blieb, als sie ihm über die Schulter des alternden Prinzen direkt in die Augen sah und als ihm klar wurde, dass sie ihn erkannt hatte.

Ein kurzes Strahlen, ein scheues Lächeln, und dann waren sie schon aneinander vorübergetanzt, und trotz allen Versuchen ergab sich für Astor im Laufe dieses Abends keine Gelegenheit mehr zu einem weiteren Kontakt. Dennoch: er war selig.

Nun wusste er mit Sicherheit, dass er keiner Traumvision nachjagte, sondern dass seine Liebe erwidert wurde. Zugleich aber quälte ihn wieder die verzweifelte Hoffnungslosigkeit. Wie sollten sie je zusammenfinden? Seine beharrlichen Blicke und seine Versuche, sich ihr zu nähern, waren dem Leibwächter der Prinzessin aufgefallen. Dieser hatte es nicht nur geschickt verstanden, Astor von ihr fernzuhalten, sondern er hatte auch seinem König davon Meldung gemacht, der Astor sogleich weitere Besuche im Schloss verbot. Seine Patienten mussten fortan zu ihm kommen.

So war einerseits alles besser, andererseits aber auch schlechter geworden. Astor glaubte sich nun ihrer Liebe sicher, und ihr Bild stand Tag und Nacht vor seinem inneren Auge wie einer jener fernen Sterne, die uns in dunkler Nacht den Weg weisen. Zugleich aber schien es keine Hoffnung auf eine Erfüllung ihrer Liebe zu geben, denn er hatte ja keine Möglichkeit mehr, sich ihr zu nähern. Auch ein zweites Gedicht, das er in einer besonders traurigen Nacht an sie schrieb und ihr schickte, kam nie bei ihr an.

Der Mond stieg auf in seiner Pracht
so silbern und so rund.
Die Grillen sangen in die Nacht,
und als ich wieder dein gedacht,
da schlug mein Herz so wund.
In meinen Tränen löste sich
der Mond und mancher Stern.
Ich dachte immer nur an dich
und fühlte: du denkst auch an mich,
und doch bist du so fern!

Astor fand es eines Morgens zerrissen vor seiner Haustür. Die Spione des Königs hatten es abgefangen, und nur seine große Reputation bei Hofe und im Volk bewahrten ihn vor schlimmeren Folgen. Alle seine Versuche, ins Schloss zu kommen, scheiterten.

Der König aber verschärfte die Überwachung seiner Tochter und beschloss, sie schnell zu verheiraten, um dieses drohende Unheil, wie er sich ausdrückte, ein für alle Mal aus der Welt zu schaffen. Am liebsten hätte er sie zwar ganz bei sich im Schloss behalten, doch seine Eifersucht war so stark, dass er sie lieber an einen Mann geben wollte, den sie nicht liebte, als zu riskieren, dass ihm, wie er fürchtete, Astor ihr Herz raubte. Ja, in einer besonders wütenden Stimmung rief er sogar aus: „Lieber soll sie tot sein, als diesem Scharlatan gehören!" Und so versprach er sie dem verwitweten König eines Nachbarlandes.

„Man kann nicht immer nur auf die Gefühle achten", versuchte er sich vor sich selbst zu entschuldigen, „sondern man muss vernünftig sein, besonders in einer so verantwortungsvollen Position, wie es Könige nun einmal sind. Wir sind es, die die großen Opfer bringen, wir sind ja nur die Diener unseres Volkes."

Wie erschrak Astor, als er in der königlichen Hofzeitung ein Bild entdeckte, das die Prinzessin mit ihrem Verlobten zeigte. Wie traurig sah sie aus! Er konnte kaum noch essen und schlafen, dachte ununterbrochen an sie und überlegte sogar, wie er sie entführen könnte. Er sah keinen Ausweg.

Die Prinzessin aber – so erfuhr er von seinen Patienten aus dem Schloss – war in das Reich ihres künftigen Gemahls gereist, wo die Hochzeit vorbereitet werden sollte.

Vielleicht könnt ihr euch Astors Verzweiflung vorstellen. Seine einzige Überlebensmöglichkeit bestand darin, sich in seine Arbeit zu stürzen und die schmerzlichen Gedanken einfach nicht mehr zuzulassen. Dennoch lag weiterhin tief in seinem Innersten eine Art Vertrauen, eine gänzlich unbegründete Hoffnung. In klaren Momenten sagte er sich: „Ich verstehe das alles zwar nicht, und ich leide entsetzlich. Dennoch weiß ich, dass es irgendwie gut ausgehen wird."

Aber wie?

Da hörte er eines Tages, dass die Prinzessin wegen einer schweren Krankheit zurückgekehrt sei. Die Hochzeit musste verschoben werden, und der Vater hatte sie nach Hause geholt, weil er meinte, dass dies das Beste für sie sei. Denn natürlich wusste er genau, wie wenig sie ihren Verlobten liebte, und natürlich wollte er sie auch gerne wieder bei sich haben.

Aber seine Hoffnung, dass sie zu Hause wieder gesund werde, erfüllte sich nicht. Im Gegenteil, die Prinzessin siechte immer mehr dahin. Der König ließ aus aller Welt die berühmtesten Ärzte kommen und versprach dem eine hohe Belohnung, der seine geliebte Tochter retten würde. Aber es war vergeblich. Die Ärzte vermuteten immer wieder etwas anderes: eine unbekannte Infektion, eine Erbkrankheit (denn auch ihre Mutter war schon früh gestorben) oder sogar eine Vergiftung. Auf die Idee, dass ihr Herz gebrochen sein könnte, kamen sie nicht, und ihre Therapien brachten daher keine Heilung. Im Gegenteil, der Zustand der Prinzessin verschlechterte sich dadurch noch mehr. Schließlich konnten die Ärzte nur noch ihr baldiges Ende in Aussicht stellen. Sie erboten sich, ihr bestimmte, gefährliche Medikamente zu geben, die zwar ihr Leiden mildern, dafür aber ihr Ende beschleunigen würden.

Der König kannte zwar sehr wohl die Ursache ihrer Krankheit, doch wollte er sich lange Zeit dieses Wissen nicht eingestehen. Denn welche Folgen würde es haben, wenn er ihm nachgeben würde? Er wagte nicht daran zu denken. Als er aber schließlich einsehen musste, dass er seine Tochter selbst in den Tod trieb, überwand seine Liebe zu ihr seine brennende Eifersucht. Er ließ öffentlich verkünden, dass derjenige, der seine Tochter retten könnte, sie heiraten dürfe, wenn sie ihn wolle. Er wusste genau, dass es nur einen Arzt gab, der für diesen letzten Versuch in Frage kam. Bisher aber hatte er Astors ärztliche Hilfe trotz den dringenden Empfehlungen seiner Berater kategorisch abgelehnt.

Die schlechten Nachrichten von der Krankheit der Prinzessin hatten Astor selbst an den Rand seiner Kraft gebracht. Als er aber von der Botschaft des Königs hörte, eilte er sogleich aufs Schloss, wo er so oft abgewiesen worden war. Diesmal, so glaubte er, würde man ihn einlassen, und so war es auch. Man begrüßte ihn freudig, denn alle am Hofe waren schon lange überzeugt, dass, wenn überhaupt Rettung möglich war, nur er sie bringen könne. So eilte er mit ungestüm klopfendem Herzen an ihr Krankenbett.

Er hatte sich auf Schlimmes gefasst gemacht, aber diesen Anblick hatte er doch nicht erwartet! Eisiger Schrecken durchfuhr ihn, als er sah, wie schlecht es um sie stand. Zugleich aber überflutete ihn wieder diese unsagbare Liebe zu ihr.

Wie im Fieber überlegte er, was er tun könne. Verzweiflung kämpfte gegen unsinnige Hoffnung. Daher hielt er auch nicht, wie sonst immer, Ausschau nach seinem Gevatter. Schließlich blickte er aber unwillkürlich zum Fußende des Krankenbettes.

Da stockte sein Herzschlag ein zweites Mal. Denn dort stand er: ernst und unheimlich, der Gevatter Tod. Und zum ersten Mal erschien er ihm unerbittlich und grausam. Alles stürzte in ihm zusammen, er konnte nicht mehr klar denken und wusste nur, dass er sie verlieren würde, dass er sie nicht retten konnte.

Er sank in einen Sessel und atmete schwer. Tränen sickerten zwischen seinen vor das Gesicht gepressten Fingern hindurch. Wirre Gedanken überfluteten ihn. Es war still im Zimmer bis auf ein gequältes Stöhnen aus dem Bett der kranken Prinzessin. So reihte sich Minute an Minute.

Plötzlich aber überfiel ihn ein wahnsinniger Gedanke: wenn der Gevatter am Kopfende stände, hätte er keine Gewalt mehr über sie. Das wäre die Rettung!

Ohne zu überlegen, sprang er mit einem heiseren Schrei zum Bett und riss es mit einem blitzschnellen, gewaltigen Ruck so herum, dass das Kopfende jetzt dort stand, wo vorher das Fußende war.

Ob der Gevatter davon überrascht worden war oder ob er vor der Liebe kapitulierte und Astor absichtlich gewähren ließ - wer kann es wissen? Eines aber war sicher: der Tod konnte die geliebte Prinzessin nun nicht mehr mitnehmen.

Der ganze Vorgang hatte sich blitzartig abgespielt. In seiner Verzweiflung hatte Astor diesen Trick als einzigen Ausweg erkannt und reflexartig ausgeführt, obwohl er sich im selben Augenblick durchaus seiner Frevelhaftigkeit bewusst war. Aber der Wunsch, sie dem Tod zu entreißen, war zu stark.

Nach dieser übermenschlichen Anstrengung sank er bewusstlos zu Boden. Weil er jede Art von Störung während seiner Behandlung streng verboten hatte, wagten die Dienerschaft und selbst der König nicht, das Krankenzimmer zu betreten. Er ging aber unruhig draußen auf dem Korridor auf und ab.

Einmal vernahm er einen irren Schrei, konnte sich aber zu keiner Reaktion entschließen, weil gleich darauf wieder tiefe Stille herrschte. So verging der Tag, und es begann zu dämmern, ohne dass irgendjemand wusste, was sich im Gemach der Prinzessin abspielte.

Irgendwann raffte Astor sich trotz seiner abgrundtiefen Erschöpfung auf und öffnete die Tür. Sie erkannten ihn zunächst nicht, so grau und eingefallen war sein Gesicht, so gebeugt sein Körper, so wankend sein Schritt. Er schien um viele Jahre geal-

tert, und sein Haar hatte graue Strähnen bekommen. Daher dachte der König zunächst, auch ihm sei es nicht gelungen, seine Tochter zu retten.

Voller Grimm stieß er Astor so heftig zur Seite, dass dieser zu Boden fiel, und stürzte in das Krankenzimmer.

Aber statt einer Toten lag da seine geliebte Tochter friedlich atmend im Bett, und ihr Antlitz hatte sogar einen leichten rosigen Schimmer bekommen.

Dennoch dauerte es noch Monate, bis sie wieder so weit genesen war, dass sie aufstehen und ein normales Leben führen konnte. Aber auch danach gewann sie ihre alte Kraft nicht wieder zurück und blieb kränklich. Auch Astor brauchte lange Zeit, um sich wieder zu erholen.

Was beide letztlich ins Leben zurückbrachte, war die Erlaubnis des Königs zur Hochzeit. Die Furcht vor dem Verlust seiner geliebten Tochter hatte ihn geläutert, er war ein anderer Mensch geworden. Er sah, dass seine Tochter mit Astor glücklich war, und das machte auch ihn glücklich. Er wollte sie nun nicht mehr allein besitzen, sondern wünschte nur, dass es ihr gut ginge.

So fand er schließlich doch zur wahren Liebe, die ja nie im Fordern besteht, sondern im Wunsch, dass es dem geliebten Menschen gut gehe. Sagte nicht schon Plato: *Liebe ist in dem, der liebt, nicht in dem, der geliebt wird!*. Und wir wollen noch hinzufügen: Geliebt kann sich nur der fühlen, der selbst imstande ist zu lieben.

Als das junge Paar nach drei Jahren einen Sohn bekam, zog der Alte sich von der Herrschaft zurück, um, wie er erklärte, endlich leben zu können und um sich um sein Enkelkind zu kümmern.

Astor war nun König. Nach der spektakulären Heilung seiner Frau hatte er es nicht mehr gewagt, als Arzt zu arbeiten, obwohl ihn die Kranken seither umso mehr bedrängten.

Nie konnte er den Furcht erregenden Blick vergessen, den der Gevatter ihm zugeworfen hatte, und die knochige Hand, die er vorwurfsvoll erhoben hatte, bevor er im Dunkel verschwunden war. Er fühlte, dass es eine Zäsur gegeben hatte und er nicht wie bisher weitermachen konnte.

Sein Leben hatte nun keinen rechten Sinn mehr und er verfiel oft in tiefsinnige Grübeleien, in denen er zu verstehen versuchte, was wirklich geschehen war.

Dass er seine geliebte Prinzessin gerettet hatte, konnte niemand bezweifeln. Ihre Wünsche hatten sich erfüllt, sie hatten zueinander gefunden, sie hatten ein Kind, sie waren reich und besaßen alles, wonach sich normale Menschen sehnen.

Und doch fühlten sie, dass ihrem Leben etwas Entscheidendes fehlte. Religiöse Menschen nennen es „Segen". Sie wussten ja, dass sie ihr Glück nur durch einen verbotenen Trick gewonnen hatten und fürchteten insgeheim ständig, es deshalb wieder zu verlieren. Diese Furcht lag über ihrem Leben wie ein feiner, unheimlicher Schleier. Sie nahm allen Farben ihren reinen Glanz und mischte in jedes aufkommende Glücksgefühl ein wenig bittere Angst.

Sobald Astor König geworden war, hatte er sich in die Staatsgeschäfte vertieft und dadurch eine Möglichkeit gefunden, den quälenden Gedanken und Zweifeln zu entfliehen. Dabei begann er auch, Regierungspflichten vorschiebend, sich mehr und mehr zurückzuziehen und seiner Frau aus dem Weg zu gehen. Ein schmerzlicher Gedanke stand unausgesprochen zwischen ihnen.

So lebten sie Tag für Tag und Jahr für Jahr, und die wirklich unbeschwerten Augenblicke waren selten. Ihre einzige echte Freude war ihr Sohn, und er war auch das Glück des alten Königs, der sich in ihm wiedererkannte.

Tatsächlich hatte der junge Prinz viel von dessen Wesen geerbt und entwickelte schon in frühen Jahren ein stolzes Gehabe. Die Eltern sahen es ihm angesichts seiner Jugend und seines gewinnenden Wesens nach. Besonders auffällig war die rostrote Farbe seine Haare, die er von seinem Großvater geerbt hatte und die im ganzen Königreich sonst niemand besaß. Seine Mutter liebte es, sie durch ähnlich farbene Kleidung noch zu betonen.

Zu seinen Spielgefährten war er freundschaftlich und großzügig, solange sie seine Stellung respektierten und nicht versuchten, ihn in irgendeiner Form zu überbieten. Zu verlieren, und sei es nur im Spiel, konnte er nicht ertragen, und sich jemandem unterzuordnen, war für ihn fast unmöglich. Denn er war doch der Thronfolger, und alle standen unter ihm!

Astor aber hatte nicht vergessen, dass er als Mann aus dem einfachen Volk zum König aufgestiegen war. Er dachte oft darüber nach, und obwohl es so aussah, als habe er sich diese Stellung durch seine außergewöhnlichen Taten verdient, pflegte er, darauf angesprochen, zu entgegnen: „Ich habe einfach Glück gehabt."

Daher versuchte er immer wieder, seinem überheblichen Sohn klar zu machen: „Stolz ist keine königliche Tugend, sondern der Ausdruck von Dummheit und niedriger Gesinnung. Vergiss nicht", ermahnte er ihn, „dass es nicht dein persönliches Verdienst ist, Prinz zu sein. Du kannst nichts dafür und hast keinen Grund, dir darauf etwas einzubilden. Du hast dich nicht selbst geschaffen, und alles, was du bist - deine Begabungen, deine angenehme Erscheinung, dein gesunder Körper und auch deine gesellschaftliche Stellung – sind unverdiente Geschenke, deren du dich erst noch würdig erweisen musst. Indem das Schicksal dich begünstigt hat, hat es dir zugleich eine große Verantwortung aufgebürdet.

Wenn wir etwas Wertvolles bekommen, müssen wir uns davor hüten, es zu unserem eigenen Vorteil zu missbrauchen. Das Privileg der Privilegierten besteht darin, dass sie den Nicht-Privilegierten helfen und ihnen ein Vorbild sein dürfen. Unsere Begabung und Intelligenz, Gesundheit und Schönheit, Macht und Reichtum können uns nur dann Glück bringen, wenn wir sie auch treu und klug zum Nutzen derer einsetzen, die zu kurz gekommen sind."

Solche Worte hörte der junge Prinz nicht gern. Er dachte bei sich: Das sind die typischen Sprüche eines Emporkömmlings! (Wo hatte er nur diesen Begriff aufgeschnappt?) Eigentlich liebte er ja seinen Vater, aber bei solchen Gelegenheiten empfand er eine gewisse Verachtung für ihn. Ein Teil von ihm wusste, dass Astor recht hatte, ein anderer Teil aber wollte es nicht wahrhaben, und dieser trieb ihn eines Tages dazu, einen seiner Pagen wegen einer Nichtigkeit zu verprügeln.

Astor, der zufällig Zeuge dieser unschönen Szene wurde, ließ seinen Sohn zur Strafe für drei Tage in den Kerker werfen. „Damit du am eigenen Leib erfährst, wie es ist, ein wehrloses Opfer zu sein." Diese Strafe tat ihm selbst in der Seele weh, aber: „Er muss lernen, dass es auch für ihn Grenzen gibt und dass man Menschen wie Menschen behandeln muss, das heißt: mit Respekt und wie man es für sich selbst wünscht." sagte er zu seiner Frau. „Manchmal müssen wir jemandem weh tun, damit er zur Besinnung kommt. Das ist etwas anderes, als jemanden zum eigenen Vorteil und Machtgewinn fertigzumachen oder sich zu rächen. Es ist eher eine Art Aufwecken. Ich hoffe, das gelingt mir bei unserem Sohn. Mir scheint, dass etwas in seiner Psyche, das ihm gar nicht bewusst ist, diese Strafe provoziert hat, um wachgerüttelt zu werden."

Rosa litt sehr, wenn sie sich ihren geliebten Sohn in dem dunklen, kalten Verlies vorstellte. Am zweiten Tag hielt sie es nicht mehr aus und befreite ihn heimlich in der Nacht. Astor bemerkte es sehr wohl, aber er schwieg dazu.

Wer weiß, vielleicht hat sie ja recht, sagte er sich. Eigentlich hat jeder Mensch auf seine Weise recht, spann er diesen Gedanken weiter. Das absolut Richtige gibt es ja nicht. Vielmehr ist es immer eine Frage unseres persönlichen Standpunkts, ob wir etwas als richtig oder falsch beurteilen, und dieser ergibt sich einerseits aus unserer Veranlagung und andererseits aus dem, was wir bisher erlebt haben. Wir können immer nur als die Menschen handeln, die wir im jeweiligen Augenblick sind, wir können nur von dort aus den nächsten Schritt machen, wo wir uns jetzt befinden. Aber mit jedem Schritt und jedem Gedanken werden wir ein bisschen klüger. Ehrlich gestanden, würde und könnte ich manches, was ich früher getan habe, heute nicht mehr tun, und andererseits hätte ich mich damals nicht so einsichtig verhalten können, wie es mir heute möglich ist. Jeder Mensch handelt immer so gut, wie er es unter Berücksichtigung aller ihn bedingenden Umstände kann. Besser geht es nicht, obwohl wir das oft vorschnell meinen. Mit welchem Recht könnte ich also Rosa irgendwelche Vorwürfe machen?

Sie kam aber beim Frühstück von sich aus darauf zu sprechen. „Ich weiß, dass du aus deiner Sicht recht hattest", begann sie und suchte nach den richtigen Worten für das, was sie erklären wollte. „Meine Beziehung zu unserem Sohn ist aber anders als deine. Ich bin seine Mutter, und eine Mutter steht, wenn es hart auf hart geht, stets auf der Seite ihres Kindes.

Sie verurteilt oder bestraft es nicht, sondern gibt ihm das Gefühl, immer geliebt und angenommen zu werden, egal, wie es ist und was es tut - selbst wenn es zum Verbrecher wird. Ohne diese Mutterliebe erfahren zu haben, kann niemand ein glücklicher und positiver Mensch werden. Denn im Grunde sind auch wir sogenannten Erwachsenen nur große Kinder, die das Gleiche brauchen wie die kleinen. Unser Leben lang sind wir, meist unbewusst, auf der Suche nach der bedingungslosen Liebe, und wer sie nicht findet oder erfahren hat, wird krank oder böse.

Man könnte direkt sagen: einmal Kind - immer Kind. In dieser Eigenschaft gleichen sich zwar Frauen und Männer, aber dennoch gibt es da einen Unterschied. Wir Frauen können die Liebe einer Mutter nicht nur empfangen, sondern auch geben, weil wir ja die Mütter sind, wogegen ihr Männer sie immer nur empfangen oder fordern könnt.

Das muss man bedenken, wenn man verstehen will, warum sich Männer und Frauen in manchen Situationen unterschiedlich verhalten. Der Mann sieht in seiner Frau immer auch seine Mutter, wogegen eine Frau in ihrem Mann immer auch ein Kind sieht.

Sie ist in dieser Hinsicht immer mehr die Gebende - wie die ‚Mutter Erde' -, und er ist mehr der Nehmende und Fordernde. Sie ist damit die Stärkere und Unabhängigere und er der Schwächere und Abhängigere.

Mir ist natürlich klar, dass uns eine solche Mutterliebe unter Umständen in Konflikte mit dem offiziellen Recht bringen kann – jedenfalls soweit dieses Strafe und Rache bedeutet - trotzdem ist sie genauso wichtig wie das weltliche Recht, letztlich sogar wichtiger. Jeder Mensch muss wissen, dass es jemanden gibt, der immer für ihn da ist, ohne irgendwelche Fragen und Bedingungen zu stellen."

Ja, das ist wunderbar, dachte Astor, wenn du einen Menschen hast, der zu dir hält und dich annimmt, wie du bist. Was wäre ich ohne Rosa?

Dieses Wissen half ihm, die Last seines neuen Amtes, die ihm täglich schwerer wurde, zu tragen. Besonders bedrückend war für ihn die Erkenntnis, dass es kaum möglich war, allen Menschen gerecht zu werden. Gibst du dem einem etwas, so musst du es einem anderen vorenthalten oder nehmen. Auch wenn du dich bemühst, stets richtig zu handeln, machst du immer wieder etwas falsch. Anscheinend muss das in unserer Welt so sein.

Damals hatte er noch nicht genügend Lebenserfahrung, um zu erkennen, dass in Wirklichkeit alles, was geschieht und was wir tun, nach einem geheimnisvollen, „göttlichen" Plan geschieht, in dem es gleichermaßen das Glück und das Leid gibt und in dem jeder von uns seine persönliche Aufgabe hat. Alles ist also unter dem Aspekt der großen, kosmischen Ordnung richtig und „gut", auch wenn es in unserer menschlichen Welt oft unbegreiflich und grausam erscheint. Im Grunde bleibt uns immer nur eines: uns selbst so bedingungslos zu lieben, wie es die Mutter bei ihrem Kind tut. Wenn uns dies gelingt, finden wir unseren inneren Frieden wieder und können auch in anderen Menschen die Liebe wecken.

Auch als Astor seinerzeit Rosa gerettet hatte, gab es für ihn anscheinend nur die Wahl zwischen zwei verhängnisvollen Alternativen: entweder Rosa sterben zu lassen und unglücklich zu werden oder sie zu retten und ein Verhängnis auf sich zu laden. Es schien, als habe er aus freier Entscheidung die zweite gewählt. Tatsächlich aber war es eine instinktive und unbewusste Handlung. Immer wenn es ihm gelang, ruhig darüber nachzudenken, wurde ihm klar, dass er damals gar nicht anders gekonnt, dass er unter einem inneren Zwang gestanden hatte.

Gab es vielleicht eine Macht, die ihn auf genau den Weg bringen wollte, auf dem sein Leben verlief? Habe ich überhaupt einen freien Willen, fragte er sich, kann ich immer so entscheiden, wie ich will? Und wer ist dieser „Ich", von dem ich hier spreche? Woher stammen die Gedanken und Gefühle, die mich so und nicht anders handeln lassen? Ich mache sie ja nicht selbst, sie kommen irgendwoher, aus dem tiefen Nebel in meinem Inneren. Und was steckt hinter diesem Nebel? Wie soll ich das begreifen: obwohl ich offensichtlich nicht Herr über mein Leben bin, muss ich dennoch so handeln, als hätte ich Entscheidungsfreiheit und einen eigenen, autarken Willen - das ist total paradox und unsinnig. Habe ich denn bewusst geplant, Rosa zu treffen und mich in sie zu verlieben, wollte ich sie denn auf diese Weise retten, wollte ich König werden? Ja, gab er sich zur Antwort, einerseits schon, aber andererseits auch nicht.

Oft gelang es Astor nicht, den Ärger und die Unzufriedenheit mit seinem neuen Amt abzuschütteln, wenn er zu seiner Frau ging. So kam es gelegentlich vor, dass er, ohne es zu wollen, sogar zu ihr unfreundlich war. Sie wurde dann sehr traurig, vergaß aber zum Glück nicht, dass dies nicht seinem wahren Wesen entsprach und dass es eigentlich ein verzweifelter Versuch war, mit der Last der Vergangenheit und der Gegenwart fertig zu werden.

Wenn er über die Bürde seines Amtes klagte, beschwor sie ihn, mit ihr zusammen fortzugehen und irgendwo ein anderes Leben zu beginnen. Sie hoffte, wenn sie beide allein und fern vom Lärm der Welt lebten, würden sie die Kluft, die sie zunehmend voneinander trennte, überwinden können. Doch etwas hielt ihn zurück; ihm war, als hätte er noch etwas zu erledigen. Außerdem fürchtete er ja gerade diese Stille, in der er den unbeantworteten Fragen seines Lebens nicht mehr würde ausweichen können.

So wäre das Leben des Königspaars trotz äußerlichem Glanz niemals glücklich geworden, wenn sie nicht eine zweite Chance bekommen hätten. („Heute kann ich das so sehen", sagte Astor zu mir, als er davon erzählte, "damals aber war es für mich Ausdruck eines grausamen Verhängnisses.")

Denn eines Tages hatte ihr Sohn - er war nun schon zehn Jahre alt - mit seinen Spielgefährten einen Ringkampf veranstaltet, bei dem er, wie gewohnt, zu siegen erwartete: nicht nur weil er außergewöhnliche Kraft und Geschicklichkeit besaß, sondern auch weil seine Spielgefährten sich stets scheuten, ihn zu besiegen. Sie wussten ja, wie wenig er Niederlagen vertragen konnte. Doch während er mit seinem besten Freund rang, vergaß dieser seine übliche Zurückhaltung, und warf den Prinzen zu Boden.

Das hatte dieser noch nie erlebt! Minutenlang lag er auf dem Rücken und konnte es nicht fassen, dass er der Unterlegene war, dass sein Freund über ihm stand und ihm die Hand reichte, um ihm aufzuhelfen! Über ihm! Natürlich bemerkte er auch das unterdrückte, schadenfrohe Grinsen in den Augen der anderen. Er stieß die Hand zurück, erhob sich schließlich mühsam und schickte alle erzürnt davon. Sie fühlten, dass soeben etwas Schreckliches geschehen war, und beeilten sich, ihm aus den Augen zu kommen.

Der Prinz aber, als er allein war, begann wütend zu weinen und wie ein Rasender den Blumen im Schlossgarten die Köpfe abzuschlagen. (Dies hat später verstört einer der Gärtner berichtet.) Eine Schneise der Zerstörung hinterlassend, zog er sich schließlich in seine Gemächer zurück und verbot allen Bediensteten, sie zu betreten.

Seine Mutter fand ihn abends mit hohem Fieber in einer Ecke des Zimmers liegen. Sie brachte ihn zu Bett und ließ sogleich Astor rufen.

Wie sehr erschrak dieser, als er seinen Sohn sah! Er hatte zwar schon lange seinen Arztberuf nicht mehr ausgeübt, dennoch erkannte er mit einem Blick, dass sein Sohn von einem schweren Nervenfieber befallen war und in großer Gefahr schwebte.

Er versuchte, sich zu erinnern, was er früher in solchen Fällen unternommen hatte. Doch es war, als verberge eine undurchdringliche Nebelwand sein ärztliches Wissen vor ihm. In seiner Verzweiflung zog er andere Ärzte hinzu, die allerdings auch nicht helfen konnten und erklärten, so einen Fall hätten sie noch nie zu behandeln gehabt. So verging eine bange Woche, in der beide Eltern kaum Schlaf fanden, und mehr und mehr nahm für sie der Gedanke, dies sei die späte Erfüllung des Fluches, der über ihnen zu liegen schien, Gestalt an.

Als Astor am Abend des siebten Tages erschöpft von den Staatsgeschäften, die er auf das Nötigste reduziert hatte, in das Zimmer seines Sohnes trat, erkannte er mit einem Blick: er war verloren.

Sogleich überfiel ihn aber auch der Gedanke: du musst deinen Sohn retten! Um alles in der Welt! Die Vorstellung, ihn zu verlieren, war unerträglich. Ohne zu überlegen, blickte er zum Fußende des Bettes. Da stand kein Gevatter. Welche ungeheure Erleichterung! Doch sie hielt nicht lange an, denn schnell wurde ihm klar, dass der Tod sehr wohl dort stand und er ihn nur nicht mehr sehen konnte.

Er setzte sich ans Krankenbett seines Sohnes. Seine Frau hatte auf der anderen Seite Platz genommen. Ihre Blicke waren auf ihren sterbenden Sohn gerichtet, der mit halb geschlossenen Augen mühsam atmete.

Astor fühlte sich unsagbar hilflos und im Stich gelassen. Er war verzweifelt. Aber er erinnerte sich auch an damals: wie seine Frau auf dem Sterbebett gelegen und er sie dem Tod abgetrotzt hatte. Einen winzigen Augenblick lang glaubte er jetzt sogar, den Gevatter am linken Fußende stehen zu sehen. Aber das konnte nur ein Wahnbild sein.

Plötzlich kam es wieder mit Gewalt über ihn. Ja, er wollte es noch einmal wagen, koste es, was es wolle! Er griff in die Tasche und holte eine gefährliche Medizin heraus, die er sich in seiner Verzweiflung besorgt hatte. Da erhob seine Frau plötzlich ihre Hand zu einer abwehrenden Geste und bewegte verneinend den Kopf. Wie aus einem wirren Traum erwachend wurde Astor klar, dass sie recht hatte. Er steckte die Medizin wieder zurück und legte seine Hand auf die fiebrige Hand seines Sohnes. Seine Frau machte es ebenso. Er war nun bereit, alles zu akzeptieren, was kommen würde, kommen musste. Stunde um Stunde saßen sie wie in Trance, die Zeit existierte nicht mehr, und nur irgendwo in dieser unendlichen Stille vernahm Astor den frohen Gesang eines Vogels.

Da bemerkte er eine Veränderung an seinem Sohn: er schien um Jahre gereift und aus seinem Blick sprach eine uralte Weisheit. Ein seltsames Leuchten umgab ihn und er lächelte sie liebevoll an. In seinen Augen schimmerte eine feine Belustigung, eine Art verständnisvoller Nachsicht, wie sie gutmütige, lebenserfahrene Eltern gegenüber den Fehlern ihrer Kinder zu zeigen pflegen. Immer noch lächelnd schloss er still die Augen und verschied.

Ein verzweifelter Schmerz erfüllte Astor, er war wie gelähmt. Zugleich aber stellte er erstaunt fest, dass sich tief in seinem Inneren eine seltsame Erleichterung eingestellt hatte..

Als er sich später mit seiner Frau über diesen Augenblick unterhielt und bemerkte: „Ich glaube, mein Gevatter war anwesend", da gestand sie ihm, dass sie ihn gesehen hatte. „Ich kannte ihn ja von deinen Erzählungen, und nun sah ich ihn auf einmal am Fußende stehen. Da war mir klar, dass wir unseren Sohn gehen lassen mussten. Er hat leicht die Hand gehoben, als wollte er uns grüßen."

Noch etwas geschah an diesem außergewöhnlichen Tag. Als sie am Totenbett ihres Sohnes saßen, seine Hände in den ihren, fanden sie wieder zueinander. Der Strom der Liebe, der in den letzten Jahren immer spärlicher geworden war, bis er sie nur noch wie ein dünnes Rinnsal verband, begann wieder zu fließen. Sie waren gewissermaßen wieder am Anfang angekommen, wo sie beide nur sich selbst hatten und das Leben noch vor ihnen lag.

Die Erkenntnis, dass jedes Ende zugleich auch einen Neuanfang bedeutet, ist so alt, dass es banal erscheint, hier wieder daran zu erinnern. Doch so war es auch diesmal für Astor und seine Frau. Der Verlust ihres Sohnes und damit ihres wesentlichen Lebensinhalts erzeugte eine fast unerträgliche Leere in ihnen. Aber da Leere nicht unendlich bestehen kann, floss jetzt das hinein, was ihnen zuletzt am meisten gefehlt hatte: das übermächtige Bedürfnis, Leben zu spüren, Liebe zu fühlen, wieder Licht zu sehen. Der unerwartete Tod ihres Sohnes erwies sich als heilende Katastrophe, als glückliche Fügung.

Eine solche Deutung hätte Astor angesichts seines Schmerzes damals für absurd gehalten, doch es gibt keinen Zweifel: er wurde dadurch wieder einmal gewaltsam aus der Bahn seines in Routine und Verdrängung erstarrten Lebens geworfen, er musste (und konnte) neu beginnen. Jener graue Schleier, der all die Jahre über ihnen gelegen hatte, war weggezogen, das Opfer war angenommen worden.

„Damals wurde mir klar, dass der Sinn eines freiwilligen Opfers darin besteht, dass man für das, was man bereitwillig hingibt, etwas zurückbekommt, das einen höheren Wert hat", erläuterte Astor. „So zynisch das vielleicht klingt: es ist eigentlich ein gutes Geschäft. In manchen Kulturen opfert man ja zum Beispiel ein Tier, um sich damit das viel wertvollere Wohlwollen der Götter zu erkaufen. Mir scheint, dass auch die Menschenopfer, die im Krieg gebracht werden, auf makabre Weise den gleichen Zweck haben. Skrupellose Herrscher opfern Leben und Glück unschuldiger Menschen für das, was sie am meisten schätzen: noch mehr Macht und Reichtum."

Astor und seine Frau hatten natürlich kein solches Geschäft im Sinn, sie folgen lediglich ihrer inneren Stimme und wurden dafür mit einem Segen belohnt, den sie damals nie für möglich gehalten hätten.

(Eigentlich wissen wir nie wirklich, was wir tun, denn weder kennen wir alle Motive unseres Handelns, noch können wir alle sich daraus ergebenden Konsequenzen voraussehen. Selbst wenn wir alles vernünftig zu bedenken und zu planen meinen, fällt die Entscheidung letztlich doch aus irrationalen und unbewussten Impulsen heraus. Wir produzieren unsere Gefühle, Gedanken und Erkenntnisse ja nicht eigenmächtig, sondern sie kommen einfach zu oder über uns, beziehungsweise sie entstehen irgendwo in unserem Inneren. Wir sprechen dann auch von Intuition. Dass sie in Wirklichkeit der Ausdruck jener transzendenten Dimension sind, die diese Welt gestaltet und der auch wir entstammen, ist allerdings nur wenigen Menschen klar.

Einmal haben wir mit unserem Tun den erwünschten Erfolg und ein anderes Mal nicht. Wir können die Zukunft ja nicht vorhersehen, und solange wir lebensblind sind, scheint es uns so, als gäbe es keinerlei Sicherheit, sondern nur den Zufall, das unberechenbare Glück, das kommt und geht, wie es will. Tatsächlich erscheint uns das aber nur deshalb so, weil wir erwarten, dass sich unsere Vorstellungen und Wünsche realisieren, statt aus dem Scheitern zu erkennen, dass sie falsch, weil unrealistisch, waren.)

Dass Astor und seine Frau am Ende dieses traurigen Tages in einem ekstatischen Liebesakt zusammenfinden würden, hätten sie sich auch niemals vorstellen können.

„Es heißt: wenn ein Mensch stirbt, kommt ein neuer in die Welt. Das ist wahrscheinlich nur ein schöner, romantischer Gedanke, " fuhr Astor in seiner Erzählung fort, „in unserem Fall stimmte es aber. Denn nach einiger Zeit zeigte sich, dass Rosa wieder schwanger war. Und nicht nur das: sie lebte von Tag zu Tag mehr auf. Sie versank nicht, wie ich befürchtet hatte, in abgrundtiefer Trauer um den verlorenen Sohn, sondern war von der Freude auf das Kind erfüllt, das zu uns kommen wollte. Wer weiß, ob es tatsächlich damit zusammenhing, dass der „Fluch" von uns genommen worden oder ob es einfach das Wirken der Natur war, die ja stets auf Leben eingestellt ist und einige Hormone aktiviert hat. Jedenfalls war meine Frau so fröhlich, wie ich sie vorher nie erlebt hatte, und unsere Liebe trug uns von Tag zu Tag weiter."

Auch für ihn verschob sich der Schwerpunkt seines Lebens. Er gab dem Wunsch seiner Frau nach und zog nach der Geburt eines Mädchens mit ihr in die Berge. Die Staatsgeschäfte, die bis jetzt alles überschattet und seine ganze Kraft geraubt hatten, übergab er einem treuen Minister, der versprach, das Königreich so lange zu verwalten, bis ihre Tochter den Thron besteigen könnte.

Sie, die sanft wie ein Schmetterling in sein Leben geschwebt war, hatte vom ersten Tag an sein Herz in Besitz genommen. „Schon als kleines Kind besaß sie für mich einen Liebreiz, den ich mit Worten nicht beschreiben kann. Ist es vielleicht so, dass ein Vater in einer geliebten Tochter letztlich ihre Mutter wiedererkennt, die er liebt? Die zauberhafte Anmut meiner Frau war für mich in Gestalt unserer Tochter noch einmal in mein Leben gekommen."

Ihre Tochter wuchs heran, als wache eine gute Fee über sie. Sie wurde eine Quelle dauernder Freude, und Jahre des Glücks reihten sich aneinander wie die schimmernden Perlen einer Kette.

„Was soll ich dir über jene Zeit berichten, die heute vor meinem inneren Blick liegt wie ein wundervolles Gemälde, dessen Details ich nicht mehr genau erkennen kann, weil es zu sehr in die Ferne gerückt ist, dessen Ausstrahlung mir aber heute noch gegenwärtig ist.

Was ist Glück? Die Ekstase eines außergewöhnlichen Augenblicks, die Erfüllung einer tiefen Sehnsucht, das Gefühl, direkt mit den Quellen des Seins verbunden zu sein, oder die Gewissheit, dass das eigene Leben einen Sinn hat?

Ich fühle eine tiefe Zufriedenheit, wenn ich dieses Gemälde betrachte. Glück. Ich sehe ein lächelndes Antlitz, höre meine Frau mit meiner Tochter vergnügt lachen und ein heiteres Lied singen, fühle ihren warmen Körper, ziehe schützend die Decke über ihren Kopf, wenn sie einschläft, sehe anmutige Tanzschritte, wenn Musik erklingt, fühle Vertrauen und ein Herz, das für mich schlägt. Wieder bin ich das kleine Kind, das sich an seine Mutter schmiegt und sich bei ihr geborgen fühlt. Wie gnädig ist unsere Natur, dass sie in unserer Erinnerung die dunklen Tage verblassen lässt, sobald wir uns an die hellen erinnern! Es ist ein großes Geschenk, wenn du jemanden findest, dem du in Liebe verbunden bist."

Rosa hat es – ich war gerade bei ihnen zu Besuch - ihrer Tochter einmal so erklärt. „Die Liebe, so sagt man, ist die universelle Energie, die alles Leben bewirkt. Sie ist auch das, was wir als Gott bezeichnen, und auf ihr beruht unser ganzes Sein. Liebe ist immer gegenwärtig und eine Art Wissen um das Schöne und Gute. Ohne Liebe zu empfinden sind wir davon abgeschnitten und können nur das Hässliche und Schlechte sehen, oder genauer gesagt, es erscheint uns so, obwohl das ja eigentlich nicht stimmt. Wenn ich liebe, strahlen die Dinge, als würden sie von der Sonne beschienen, und wenn ich sehe, dass sie strahlen, liebe ich. Aber das sind nur abstrakte Worte und Gedanken, die nicht wirklich erklären, was das Eigentliche an der Liebe ist. Man muss es fühlen und erleben.

Du willst wissen, wie meine Liebe zu deinem Vater ist? Ich kann sie dir nicht in ihrer ganzen Bedeutung erklären, sondern nur einige wichtige Aspekte schildern. Für mich ist sie das Gefühl, dass wir zusammengehören, und dass sie mich ganz macht. Als Astor damals in mein Leben trat, schien es mir, als habe sich eine Tür geöffnet, vor der ich immer gewartet und zu der ich keinen Schlüssel hatte. Er stand dort an der Straße, und ich wusste sogleich, dass er mir geschickt war.

Dennoch - lange Zeit fanden wir nie so zueinander, wie wir es uns wünschten. Das konnten wir uns später eingestehen. Als dein Vater sich in jener Zeit, da er König sein musste und wir noch unter den Folgen unserer Krankheiten litten, immer mehr von mir zurückzog, war das oft für mich, als würde ich auseinandergerissen. Es war ein dauernder Schmerz in meinem Inneren und zugleich eine quälende Sehnsucht. Aber als du in unser Leben tratest, schloss sich die Kluft.

Jetzt ist es so, als seien wir miteinander verwoben. Du weißt, wie oft es vorkommt, dass wir zur gleichen Zeit dieselben Wörter benutzen, dass er etwas tut, was ich selbst auch gerade tun wollte, dass wir, ohne uns abzusprechen, im gleichen Moment irgendwo eintreffen. Das erscheint uns immer wieder wie ein Wunder. Vielleicht haben uns unsere Leiden geläutert und fähiger für echte Gefühle gemacht."

Der Gevatter war in jener Zeit weitgehend aus Astors Denken verschwunden, und nichts deutete daraufhin, dass sich daran etwas ändern würde. Er war Astor aber damals noch einmal im Traum erschienen und hatte zu ihm gesagt:

„Du hast getan, was du nicht durftest (* dazu muss ich, Rosta, gleich noch eine Bemerkung machen), *und du weißt, dass ich dir nun nicht mehr wie bisher helfen kann. Dennoch will ich mich nicht ganz von dir abwenden, denn immerhin bin ich dein Gevatter. Also werde ich dir von Zeit zu Zeit ein Zeichen geben und dir dabei helfen, dieses Leben, in das du gesetzt wurdest, in seiner Endlichkeit zu verstehen. Denn dein Frevel war ja nur die Folge deines Unwissens. Sei immer bereit, sei immer aufmerksam und offen. Alles, was dir begegnet, kann eine Botschaft von mir sein: vielleicht ein seltsames Ereignis, eine ungewöhnliche Bemerkung oder auch ein Traum. Denn im Hintergrund bin ich immer anwesend, und nichts - auch das Alltäglichste nicht - geschieht ohne tieferen Sinn und ohne mich.*

Vergiss nicht: dein Denken gleicht dem Schein einer schwachen Lampe, die dir zwar die nächsten Schritte beleuchten, nicht aber in die Unendlichkeit vordringen kann. Du bist von unvorstellbar großen und vielfältigen Räumen umgeben, die dir lediglich deshalb irreal erscheinen, weil dein Lämpchen zu wenig Kraft besitzt. Aber diese Räume existieren, und manchmal kann es dir gelingen, einen kurzen Blick dorthinein zu werfen, nämlich dann, wenn deine eigene, normale Welt infolge einer unerwarteten Katastrophe wie ein zersplitternder Spiegel zerfällt. Oft bin ich es, der sie auslöst. Wenn du dann bereit bist, kannst du einen kurzen Moment lang erkennen, dass die Welt, die dir der nun zersplitterte Spiegel gezeigt hatte, in Wirklichkeit nur ein Trugbild war und dass dahinter eine größere Wirklichkeit auf dich wartet.

Ich werde dir noch dreimal persönlich erscheinen. Jedesmal wird dann dein momentanes Leben zersplittern, und jedes

Mal wird sich dir eine bisher verschlossene Tür öffnen. Sei dann bereit für einen schnellen und vorbehaltlosen Schritt, bevor sie sich wieder schließt.

(* Anmerkung von mir, Rosta: Ist es nicht vielleicht so, dass er einerseits etwas tun musste, was er andererseits nicht tun durfte, um gerade durch diesen Konflikt, in dem er scheinbar schuldig wurde, erkennen zu können, wie töricht unsere Vorstellungen von Schuld sind? Denn diese würde ja Entscheidungsfreiheit und einen absoluten Wertmaßstab voraussetzen, den wir aber nicht besitzen. Offensichtlich ist unser angeblich freier Wille nur eine Illusion. Unser Denken, Fühlen und Handeln wird durch unendlich viele unvermeidbare Umstände und Vorbedingungen beeinflusst und gesteuert. Wir wurden – ohne gefragt zu werden - in diese Welt hineingeboren, in unsere Familie, unseren Körper, in bestimmte äußere, materielle, soziale und politische Umstände, denen wir nicht entrinnen können und die unser Leben bestimmen. Wo bleibt da ein Spielraum für echte Eigenmächtigkeit? Wir handeln stets so, wie es unserem momentanen, hieraus resultierenden Bewusstseinsstand entspricht und können dafür eigentlich auch nicht verantwortlich gemacht werden. Letztlich sind wir immer nur die Reagierenden, nicht aber die Agierenden, obwohl wir dies meist glauben. Auch unsere moralischen Vorstellungen von Schuld und Verantwortung sind nur subjektiv und momentan. Wir wissen, dass sie sich ändern werden, wenn wir selbst uns verändern.

Daher kommt es oft vor, dass wir *jetzt* etwas tun, obwohl wir gleichzeitig wissen, dass wir es möglicherweise *später*, bei weiter entwickelter Lebenseinsicht, ablehnen oder verurteilen werden. Oder dass wir aus einem unbewussten, inneren Abtrieb heraus in einer Weise handeln *müssen*, die unser bewusstes, oberflächliches Denken für falsch oder schlecht hält.

Diesen quälenden Konflikt können wir nur lösen, wenn wir keine fremden Moralvorstellungen übernehmen, sondern ganz unvoreingenommen und ehrlich in uns hineinhören. Wenn es uns gelingt, unsere innere Stimme zu verstehen, finden wir Frieden und werden fähig, zu uns selbst zu stehen.

Hätte Astor dies damals schon gekonnt, so wären ihm solche Schuldgedanken nicht in den Sinn gekommen, und er hätte dem Gevatter geantwortet: „Ich konnte nicht anders, sondern ich tue immer nur das, was ich tun muss – was du mich zu tun zwingst. Kann ich dafür verurteilt werden? Aber ich weiß, dass die Leiden, in die ich dadurch gestürzt werde, letztlich zu meinem Besten sind, weil sie mich dorthin führen, wo es sie nicht mehr gibt.)

„Ich war damals, als ich meine Frau dem Tod abgetrotzt hatte, sehr krank geworden", fuhr Astor fort. „Lange Zeit schien es mir so, als bewegte ich mich am Rande eines tiefen Abgrunds, der mich hinunterzuziehen versuchte. Nur die Liebe zu Rosa und die Sorge um sie haben meinen Absturz verhindert. Ich wusste: solange es mir gelang, diszipliniert und ehrlich zu mir zu bleiben, würde ich nicht untergehen. Es kostete mich damals viel Kraft, weiter zu kämpfen und die dauernden Schmerzen beiseite zu drängen. Ich musste alles vermeiden, was meine seelische Kraft hätte untergraben können. Ein kleiner Fehltritt, und ich wäre abgestürzt.

Zugleich spürte ich, dass mein Gevatter auf diese Weise in mein Leben eingegriffen und mir zu Erkenntnissen verholfen hatte, die ich sonst nie bekommen hätte. Ich erfuhr am eigenen Leib, wie es ist, krank zu sein und zu leiden. Nicht so stark, dass es meine Kraft überstiegen hätte, aber doch ausreichend, um mir die Augen für diese Seite des Lebens zu öffnen und mich verstehen zu lassen, wie es den Leidenden geht.

Dass wir in die Berge gezogen sind, hat entscheidend dazu beigetragen, dass ich wieder gesund wurde. Relativ gesund, müsste ich eigentlich sagen, denn jede Krankheit und jede Verletzung hinterlässt für immer ihre Spuren und verändert dich für dein ganzes Leben, manchmal sehr deutlich, manchmal subtil.

Aber wenn ich es ehrlich betrachte, ist diese schwere Zeit die kreativste Phase in meinem ganzen Leben gewesen. Schatten zeigen ja, dass es irgendwo das Licht gibt. So verstehe ich es heute: mein Gevatter hat verhindert, dass ich ein „normaler" Mensch blieb und ins gedanken- und sinnlose Leben zurückkehrte. Es klingt zwar pathetisch, aber heute weiß ich, dass ich dann meine Bestimmung nicht hätte erfüllen können.

Nur wenn man selbst krank geworden ist, kann man die Probleme der kranken Menschen verstehen, und nur dann kann man ihnen vielleicht helfen. Unser Mitgefühl für leidende Menschen ist im Grunde das Fühlen unseres eigenen Leidens. Nur was wir am eigenen Leib kennengelernt haben, können wir auch bei anderen wahrnehmen und nachvollziehen. Wer sich nie die Finger verbrannt hat, weiß nicht, wie sich jemand fühlt, der eine Verbrennung erleidet.

Insofern sind unsere Leiden und Schmerzen auch große Möglichkeiten, dieses Leben, diese Welt und uns selbst besser zu verstehen. Mein Gevatter hat mich nicht wirklich verstoßen, sondern mich nur auf einen neuen Weg gezwungen. Es war eine harte Lehre, aber sie war ergiebig."

Der Gevatter begleitete Astor unsichtbar weiterhin. Dreimal – das hatte er angekündigt - wollte er ihm ein persönliches Zeichen geben. Beim ersten Mal war er für einen winzigen Augenblick am Totenbett seines Sohnes erschienen. Astor hatte durch die Zerstörung seines damaligen Glücks ein neues gefunden.

Irgendwann musste der Gevatter also wieder erscheinen. Die Furcht davor nahm von Zeit zu Zeit in Astors Denken Gestalt an wie jene winzige, schwarze Wolke am sonnigen Himmel, von der man weiß, dass sie der Vorbote eines herannahenden Unwetters ist. Meist gelang es ihm, sie durch Ablenkung und Arbeit zu verdrängen, aber es gab auch Augenblicke, in der sie ihn mit gewaltiger Kraft überfiel.

„Versuche nicht zu fliehen und jammere nicht", sagte er sich dann. „Sei bereit, wenn der Spiegel zerspringt. Du hast dir dieses Leben nicht gegeben, du hast keine Verantwortung dafür und verstehst es nicht - also hab einfach Vertrauen. So wie es kommt, wird es richtig sein. Sei bereit und lass geschehen! Und halte die Augen offen, damit du erkennen kannst." Meist gelang es ihm damit, wieder seinen inneren Frieden zu finden.

Eines Tages aber zerriss die Perlenkette seines Glücks. Wieder waren einige Jahre vergangen. Es begann damit, dass Rosa immer schwächer und blasser wurde, ohne dass

Astor eine Erklärung dafür finden konnte. Es war keine richtige Krankheit, sie hatte keine starken Schmerzen, sie wurde einfach kraftloser, kleiner, leiser und schien von Tag zu Tag immer mehr zu altern.

Wenn er sie dann betrachtete, überlagerten sich zwei Bilder: das des bezaubernden, jungen Mädchens von einst und das der kranken, ausgezehrten Frau von heute. Ihr Anblick schmerzte ihn jedes Mal tief. Dennoch blieb immer auch das Bild jener bezaubernden Frau lebendig, das sich ihm bei ihrem ersten Anblick eingebrannt hatte.

Blind macht die Liebe für die Lüge,
doch sehend macht sie mich für Dich.

„Immer öfter tauchte der furchtbare Gedanke auf, dass sie nicht mehr gesund werden und sterben könne, und oft ertappte ich mich dabei, dass ich einen Blick in den Hintergrund des Zimmers warf, um zu prüfen, ob der Gevatter dort stand. Besonders hart war für mich, dass ich als Arzt, der ich ja eigentlich immer noch war, nicht helfen konnte. Wie eine gläserne Wand stand diese bittere Erkenntnis zwischen uns. Man sieht das Verhängnis kommen, und kann ihm doch nicht entrinnen. Ich versuchte zwar dies und das, aber zugleich wusste ich, dass es zwecklos war.

Eines Nachts, als ich erschöpft an ihrem Krankenbett niedergesunken war, träumte ich von ihr: sie erhob sich und lächelte mir zu. Beglückt stellte ich fest, dass sie wieder gesund und jung war. Dieses starke Gefühl des Glücks und der Dankbarkeit wird noch heute für mich lebendig, wenn ich an diesen Traum denke.

Sie ging mit geschmeidigen Schritten quer durch mein Zimmer auf eine Tapetentür zu, die ich noch nie bemerkt hatte und öffnete sie. Sofort drang gleißendes Licht herein, als ob dahinter gerade die Sonne aufginge. Ich musste geblendet die Augen schließen. Dennoch sah ich noch in der Tür meinen Gevatter stehen. Rosa winkte mir zu und trat hinaus ins Licht.

Da erwachte ich. Zunächst erschien es mir, als hätte sich das alles hier gerade abgespielt. Noch immer erfüllte mich das Glücksgefühl, und immer noch waren meine Augen geblendet. Dann wurde mir plötzlich klar, dass ich nur geträumt hatte, und ich wusste sogleich, was geschehen war. Mein Gevatter hatte mir das zweite Zeichen gegeben. Es war soweit und ich musste mich vorbereiten.

Ich blieb die ganze Zeit bei ihr, und unsere Tochter setzte sich oft zu uns. In der nächsten Nacht – meine Frau hatte die ganze Zeit über unregelmäßig atmend und wie bewusstlos in den Kissen gelegen – richtete sie sich plötzlich mit geschlossenen Augen auf und streckte die Arme nach mir aus. Sie zitterte und drängte sich an mich. Ich umarmte sie fest, weil ich dachte, sie friere, und versuchte, ihr Wärme zu spenden. Minutenlang blieben wir so verbunden. Schließlich erschlaffte sie mit einem Seufzer und sank zurück.

Erst viel später wurde mir klar, dass sie sich mit dieser Umarmung von mir verabschiedet hatte, und noch heute erfüllt mich Traurigkeit darüber, dass ich diesen Moment des Abschieds nicht bewusst erlebt habe.

Ich war danach in einen Erschöpfungsschlaf gefallen. Als ich erwachte, war sie ganz blass und betrachtete mich still. Wir wussten beide, was dieser Augenblick bedeutete. Sie lächelte leicht und sagte leise: „Mein Lieber…". Dann fiel sie wieder in die Bewusstlosigkeit, in der sie schon den ganzen Tag zuvor gelegen hatte. Ich saß Stunde um Stunde bei ihr. Erinnerungen an unser gemeinsames Leben nahmen Gestalt an und lösten sich wieder auf. Alles erschien mir so unwirklich, so fern.

Sie ging so still und leicht, wie sich ein Wölkchen am Himmel auflöst oder wie ein Tautropfen, der in der Sonne verdunstet. Sie hörte einfach auf zu atmen. Ich glaubte, einen Lufthauch zu verspüren, der durch das Zimmer wehte und sie mitnahm.

Als die Farbe des Lebens aus ihrem Gesicht gewichen war, ging ich hinaus in den Park und suchte sie. Wo bist du? rief ich immer wieder, aber ich bekam keine Antwort und kein Zeichen. Ich habe ihren Leichnam nicht mehr angesehen, ich wollte sie als Lebende in Erinnerung behalten, heiter und leuchtend.

Rosa hat mich ja während ihres Lebens verzaubert. Die Zeit mit ihr war ein dauernder Ausnahmezustand. Die ungewöhnliche Art ihres Denkens und Fühlens und die ausgefallene Perspektive, aus der sie die Dinge sah, stellten mein eigenes Weltbild immer wieder in Frage. Wenn jemand zu dir sagt, etwas sei rot, obwohl du überzeugt bist, dass es blau ist, kannst du entweder auf deiner Meinung beharren und den anderen für verrückt erklären oder du kannst dich fragen, ob nicht vielleicht du selbst es bist, der in einer falschen Welt lebt. So erging es mir oft. Rosa zeigte mir, dass man alles auch ganz anders sehen kann und dass es trotzdem stimmt. So etwas können sonst nur begnadete Künstler.

Wenn ich heute an sie zurück denke, erscheint es mir, als sei sie mir aus einer anderen Welt geschickt worden, um mich zu retten. Ohne sie wäre ich ein selbstgefälliger, erfolgreicher Arzt geblieben, der es mit der Zeit zu Ehre und Reichtum gebracht hätte – zu mehr aber auch nicht.

Rosa aber hat damals mein geordnetes Leben zerstört, hat mich dazu getrieben, gegen das strikte Verbot meines Gevatters zu verstoßen und damit gewissermaßen ein Verbrecher zu werden. Sie war der Grund dafür, dass ich König wurde und die Welt aus der Sicht der Mächtigen kennen lernte, sie hat mir Glück und Verzweiflung gebracht. Natürlich hat sie das nicht aus eigener Absicht getan, sondern es war ihre Rolle in meinem Leben.

Sie war ein Werkzeug meines Schicksals. Durch sie hat es mich eine lange Zeit zu dem Menschen geformt, der ich zum großen Teil heute noch bin. Aber auch dieser werde ich nicht für immer bleiben, denn es geht ja immer weiter, die Welt bleibt keinen Augenblick lang dieselbe, und jeden Tag werde ich ein neuer Mensch. Aber wenn meine unsterbliche Seele eines Tages diesen schwachen und unzulänglichen Körper verlassen darf, werde ich endgültig frei sein."

Du Baum,
in deiner Ästelung umfasst,
bist Raum,
weil du ihn unabdingbar eingenommen hast.
Du musst mit deiner Silhouette stehn
und bist die Tiefe und die Weite,
und nirgends ist dir eine Seite,
nach der du dir nicht Wölbung gibst.

Wo dich das Schimmern rund und samt umfließt,
wenn sich das rote Gold der Sonne öffnet,
kann's nur als weitere Sphäre um dich sein.

Die Form ist stark bis in die Zeit der Monde,
und niemand öffnet sie,
denn der sie schuf,
und die Zerstörung ist die große Hoffnung,
die Möglichkeit, die aufsteigt wie ein Ruf.

Hier endete das blaue Buch. Rosta hatte seine Erzählung anscheinend über eine längere Zeit hinweg in verschiedenen Etappen geschrieben, wie man an der unterschiedlichen Schrift, die mal deutlich und sorgfältig, mal flüchtig und schwer lesbar war, erkennen konnte. Die letzten Seiten waren nicht beschrieben.

Ich hatte die ganze Nacht über draußen gesessen, gelesen und vor mich hin geträumt. Links über den Bergen begann es jetzt rosa zu schimmern, ein Vogel pfiff vorsichtig eine kleine Melodie, alles wurde so weit, und ich hörte wieder die Unendlichkeit rauschen. Meine Gedanken gingen zu Rosta und Astor, und plötzlich wusste ich, dass die Geschichte noch nicht zu Ende war. Ich habe die letzten Seiten an Rostas Stelle hinzugefügt:

Ja, Astor, irgendwann wirst du frei sein. Heute aber anscheinend noch nicht. So, wie es jetzt aussieht, musst – darfst - du wohl noch einige Zeit hier bleiben, und mir scheint, dass du dich momentan gar nicht so unwohl in deinem unzulänglichen Körper fühlst. Dulcamara – nicht wahr? Zur Zeit wohl eher süß.

Denn nachdem du dich damals von mir verabschiedet hattest und ich nichts mehr von dir gehört hatte, war ich überzeugt, dass du deinem Gevatter gefolgt seist. Dein Traum schien ja eindeutig.

Aber nach etwas mehr als einem Jahr bekam ich diesen Brief von deiner Tochter, unserer neuen Königin.

Lieber Onkel Rosta,

*ich will noch einmal versuchen, Dich zu erreichen
und Dir mitzuteilen, wie es meinem Vater geht. Er hatte
mich darum gebeten, als er uns verließ. Da ich aber auf
meinen Brief keine Antwort von Dir bekam, nahm ich an,
dass Du nicht mehr am Leben seist. Gerade habe ich jedoch erfahren, dass es Dich noch gibt. Wahrscheinlich
ist der Brief irgendwo verlorengegangen.*

*Also: Unser „Astor auf dem Berge" hat uns wieder
einmal in Erstaunen versetzt. Er war ja mit mir ins
Schloss zurückgekommen, um mich „in die große Welt
einzuführen", wie er es nannte. Gleichzeitig sprach er
immer wieder davon, dass seine Zeit um sei und er nicht
mehr lange zu leben habe. Wir hatten uns schon darauf
eingestellt, weil er bisher meist mit solchen Prognosen
recht gehabt hat, und waren natürlich sehr traurig deshalb, obwohl er immer wieder sagte, das sollten wir
nicht. Er hatte sich auch ziemlich von uns zurückgezogen
und sein eigenes Leben geführt. Wir dachten, er bereite
sich auf das Ende vor und ließen ihn ganz in Ruhe. Umso
mehr staunten wir, als wir auf einmal in dem Schlossflü-
gel, in dem er lebte, eine Frau ein- und ausgehen sahen,
die wir nicht kannten. Wir vermuteten, er habe sich eine
Pflegerin genommen, weil er in der letzten Zeit so matt
herumgeschlichen war. Und sie schien ihn wirklich gut*

zu versorgen, denn er blühte sichtlich auf und wurde wieder aktiv.

„Deine Pflegerin tut dir wirklich gut", sagte ich eines Tages zu ihm.

Da lachte er laut auf. „Pflegerin? Was für ein guter Witz! Ich soll pflegebedürftig sein? Aber es stimmt: nachdem du dich verheiratet hattest und mich nicht mehr brauchtest, war es so leer in meinem Leben geworden, dass ich tatsächlich drauf und dran war, mich von allem zurückzuziehen und aufzugeben. Aber dann merkte ich, dass das nicht stimmen würde und dass ich statt dessen einfach eine Frau brauchte, mit der ich wieder ein ganzer Mensch werden könnte. Denn ich existierte ja nur noch zur Hälfte. Und ich habe wieder einmal Glück gehabt, denn ich habe sie gefunden. Meine ‚Pflegerin', ha ha!"

So vergnügt hatte ich ihn schon lange nicht mehr erlebt. Ich kann Dir gar nicht sagen, wie froh und erleichtert ich war. Seine neue Frau ist so nett und klug und immer gut gelaunt! Sie ist Sängerin, und er hat sie angeblich kennengelernt, als sie auf einem Dorfplatz ein kleines Konzert für die Kinder gab. Wie er dahin kam und wie sie sich schließlich fanden, ist ein Rätsel für uns, aber Du weißt ja, er liebt Geheimnisse und Rätsel. Sie lachten beide nur ganz verschmitzt, als ich sie danach fragte.

Jedenfalls hat sich eine Menge bei ihm geändert, und er ist nicht mehr der alte Mann, als der er mit mir ins

Schloss zurückgekommen war. Er wurde auch wieder un-
ternehmungslustig und ist vor einem halben Jahr zusammen mit seiner Frau weggegangen.

„Wir wollen uns mal ein bisschen in der Welt herum-
treiben. Ja - und etwas suchen." Das war seine Begrün-
dung. Was er suchen wolle, fragte ich ihn, und da antwortete er: „Weiß ich noch nicht, das wird sich finden."

Als sie gingen, waren wir doch ziemlich traurig. Getröstet hat mich allerdings das Bild, das ich von den beiden in Erinnerung behalten habe. Das war so schön an-
zusehen, wie sie Hand in Hand davongingen, in ihr neues
Leben! Ich habe versucht, es zur Erinnerung zu malen.

Wir haben bis jetzt nichts mehr von ihm gehört, und das ist, wie er immer betont hat, das sichere Zeit, dass es ihm gut geht. Vielleicht taucht er ja bei Dir auf. Er fehlt uns.

Halt - damit ich es nicht vergesse – ich habe noch eine Botschaft von ihm für Dich. Ich musste sie auswendig lernen, damit ich sie ja korrekt weitergeben könnte:

„Die Liebe ist manchmal stärker als der Tod. Glaube nicht jedem Traum. Bleibe immer wach."

Also, lieber Onkel Rosta, bleibe wach, und wenn es geht, besuch uns doch mal. Wir sind sehr glücklich und haben inzwischen auch einen ganz entzückenden Sohn. Er heißt übrigens Rosta.

Wir denken oft an Dich

.

Ich habe Onkel Rosta oft beneidet. Er besaß etwas, was den meisten Menschen, leider auch mir, fehlt. Er nannte es Gewissheit. „Ich glaube nicht, sondern ich weiß", betonte er immer. Eines Tages sprachen wir wieder darüber.

Wir waren in unserem Café verabredet, aber ich war zu früh gekommen. Auf dem Tisch lag eine Zeitung, jemand hatte sie anscheinend vergessen. Eine Schlagzeile auf der Titelseite weckte mein Interesse:

Schicksal oder Zufall?

Diese Frage stellt man sich unwillkürlich angesichts der Flugzeugkatastrophe, die sich gestern vor den Toren unserer Stadt ereignet hat. Zwei Brüder, bekannte Geschäftsleute und erfahrene Flieger, wollten mit ihrem Flugzeug in die Hauptstadt fliegen. Sie waren problemlos gestartet und hatten bereits auf die Flugroute eingeschwenkt, als die Maschine plötzlich abstürzte. Besucher des Flughafens, die den Start beobachtet hatten, berichteten, dass sie keine Auffälligkeiten an dem Flugzeug beobachtet hätten. „Sie ist plötzlich abgeschmiert", drückte es ein Jugendlicher drastisch aus. Auch aus den Trümmern des Flugzeugs und dem Funkverkehr lässt sich bis jetzt nicht die Ursache für den Absturz rekonstruieren.

Das ist immerhin schon mysteriös. Wieso fällt ein intaktes Flugzeug einfach vom Himmel? Noch geheimnis- oder sollen wir sagen: wundervoller ist aber die Tatsache, dass einer der Brüder, Dieter E., keinerlei Schäden davongetragen hat, während Ernst E., der neben ihm saß, sofort den Tod fand. Die Flugzeugkabine ist auf seiner Seite fast vollständig zerstört, während sie auf der Seite von Dieter E. praktisch unbeschädigt geblieben ist.

Warum traf es Ernst E. und nicht Dieter E., fragt man sich unwillkürlich, wieso wurde bei anscheinend gleichartigen Bedingungen das eine Leben ausgelöscht und das andere verschont? Solche Vorkommnisse lassen uns nach den geheimen Gesetzen fragen, die unser Leben bestimmen. Gibt es so etwas wie eine Bestimmung, der niemand entrinnen kann und die unseren Lebensweg bestimmt, oder können wir selbst durch entsprechendes Handeln den Lauf unseres Lebens beeinflussen oder ist alles nur sinnloser Zufall: mal hat man Glück, mal Pech?

Ein Teil unserer Leser wird bei Dieter E. von einem Wunder sprechen oder hinter seiner Rettung vielleicht auch das Eingreifen seines Schutzengels vermuten. Andere wiederum werden das Ganze für reinen Zufall halten und als Unglück bezeichnen oder einfach menschliches Versagen annehmen.

Immer wenn etwas geschieht, was wir uns partout nicht erklären können, haben wir zwei Möglichkeiten: wir können einfach wegsehen, das Unerklärliche verdrängen und zur gewohnten Tagesordnung übergehen oder wir können beginnen, unser gewohntes Weltbild in Frage zu stellen und neue Antworten zu suchen. Ist das vielleicht der eigentliche Grund von Katastrophen? Dass wir aufgerüttelt werden und unsere Lebenssicht korrigieren? Oder geht es nur darum, dass wir daraus lernen, es in Zukunft besser zu machen?

Viele Fragen, viele Antworten. Sie stimmen alle, je nachdem, aus welchem Blickwinkel man es betrachtet, aber sie stimmen nicht für jeden. Es scheint die allgemeinverbindliche und ultimative Antwort, die alles regelt und erklärt, nicht zu geben, sondern jede Antwort, jede Schlussfolgerung ist für sich genommen und in Bezug auf jenen Menschen, der sie gibt, richtig.

Wir haben den bekannten Psychologen Dr. Oderbroch dazu befragt. Er meinte: „Entscheidend ist nicht die Frage nach dem

119

absoluten Wahrheitsgehalt von Lebenseinstellungen, sondern ihr persönlicher Wert für den betreffenden Menschen. Wenn jemand damit gut leben kann, dass er annimmt, alles sei Zufall und ohne tieferen Sinn, ist das für ihn genauso gut, wie wenn sich ein anderer ein Weltbild erschafft, in dem es Schicksal, einen höheren Sinn oder einen gütigen bzw. strafenden Gott gibt. Genauso ist es beim Tod: ich persönlich glaube, dass dann alles zu Ende ist, wogegen viele meiner Klienten von einer Weiterexistenz – einem Leben nach dem Tod, wie sie es nennen, - ausgehen. Ich kann mit meinem Glauben gut leben, sie mit ihrem. Darauf kommt es an. Wir brauchen hier in diesem Leben keine letzte Wahrheit - mit der kann sowieso niemand was anfangen-, sondern ein Konzept, das für uns jetzt stimmig ist. Dabei besteht allerdings immer auch die Möglichkeit, dass sich unsere Sichtweise unter dem Einfluss eines erschütternden Erlebnisses grundlegend ändert, und dann gilt eben diese."

Man kann also die Meinung vertreten, dass der Absturz nur die Folge eines bisher nicht erkannten Materialschadens und das Überleben von Dieter E. zwar ungewöhnlich, aber doch rational erklärbar ist – also nicht mysteriös und in unser gängiges Weltbild passend. Man kann hier aber auch das Wirken eines allmächtigen Gottes oder einer sinnerfüllten Schicksalsmacht annehmen, die Ernst E. den Tod und Dieter E. die Rettung bestimmt haben.

Kann nicht beides stimmen, jeweils auf seiner Ebene? Kann es also nicht – je nach Sichtwinkel – gleichzeitig gut oder schlecht, sinnlos oder sinnvoll sein, dass das Flugzeug abgestürzt, Ernst E. gestorben ist und Dieter E. überlebt hat?

Als ich bis hierhin gekommen war, erschien Rosta und warf einen neugierigen Blick auf den Artikel. „Eigentlich kann da nur jeder für sich sprechen. Ich jedenfalls weiß, dass ich durch mein Leben geführt werde", bemerkte er dazu, „auf Wegen, die ich meist nicht verstehe, und immer wieder durch dunkle, schreckliche Schluchten, um es einmal poetisch auszudrücken. Am Ende aber dorthin, wo alles gut und richtig ist. Das weiß ich, dafür habe ich genügend deutliche Zeichen bekommen."

„Klingt nicht schlecht," dachte ich damals, „ist aber auch nur ein Selbstbetrug. Aber jeder braucht wohl seine Illusion. Offensichtlich tut ihm diese Idee gut, das ist fast wie eine Droge." Heute glaube ich, dass es eher Neid war, der mich so denken ließ.

„Ja, ja, lächle nur," fuhr er dann fort, als hätte er meine Gedanken gelesen, „das ist bei dir nicht anders, du erkennst es nur noch nicht. Was soll mir also passieren? Immer wenn mir dies bewusst wird, erfüllt mich ein wunderbarer Friede, der mir Kraft und Geduld gibt, die Probleme und Schmerzen zu ertragen. Dass ich dieses Vertrauen haben kann, ist eine große Gnade und mit Sicherheit mehr wert, als wenn ich jetzt ein leichtes und problemloses Leben geschenkt bekäme. - Das versteht aber natürlich niemand!" setzte er mit einem ironischen Seitenblick hinzu. „Ich habe immer wieder Schreckliches erlebt und weiß, dass es vielen Menschen noch viel schlimmer ergeht. Dennoch, der Verlust von Asta war für mich von allem der härteste Schicksalsschlag", fuhr er fort. „Ich konnte es einfach nicht verstehen, ich lebte wie in einem Nebel, der mich von der Welt um mich herum isolierte.

Trotzdem konnte **ich** *mich* selbst beobachten und jemanden leiden sehen, den **ich** als „*Ich*" bezeichnete. Dieser *Ich* versuchte immer wieder, ganz von **mir** Besitz zu ergreifen und **mich** in sein Leiden hineinzuziehen. **Ich** erkannte aber zugleich, dass **ich** nicht wirklich identisch mit diesem *Ich* war, sondern dass es eine stärkere und wahrere Person – leider finde ich keine passendere Bezeichnung dafür - in **mir** gibt, nämlich diejenige, die diesen *Ich* beobachten kann. Ist das meine unsterbliche Seele? habe ich mich oft gefragt.

Ganz schön verwirrend, nicht wahr?

Wäre es **mir** nicht gelungen, **mir** immer wieder klar zu machen, dass **ich** nicht *ich* bin, wäre **ich** wahrscheinlich untergegangen. So aber wurde **mir** immer deutlicher bewusst, dass dieses Unglück nicht **mich**, sondern den *Ich* betraf und dass dieser nur deshalb litt, weil *er* es nicht wahrhaben wollte. Der *Ich* hätte das Geschehene am liebsten ungeschehen gemacht. In den Augenblicken aber, in denen es **mir** gelang anzunehmen, dass alles seine Richtigkeit und einen Sinn habe, fand ich wieder Ruhe und Frieden."

Rosta hatte so laut gesprochen, dass eine am Nebentisch sitzende ältere Dame interessiert den Kopf hob und herübersah.

Er fuhr fort: „Hierauf lief alles hinaus. Manchmal erscheint es mir so, als habe das Unglück mit Asta nur den Sinn gehabt, mir dies noch ausdrücklicher bewusst zu machen. Ihr Tod war auch deshalb so schmerzlich, weil ich versuchte, genau hinzusehen und nichts zu verdrängen."

„Da hättest du aber eigentlich nicht beten dürfen, als sie sterbend in deinen Armen lag". Diesen Einwand konnte ich mir nicht verkneifen, denn Rostas Worte hatte mich ziemlich irritiert.

„Habe ich das?" , fragte er erstaunt.

„Ja, sicher. Ich habe zwar deine Worte nicht genau verstehen können, aber was soll es sonst gewesen sein als ein Gebet?"

„Ja, was wohl? Nein, ich habe nicht gebetet – das habe ich mir zum Glück schon lange abgewöhnt. Ich habe Asta gedankt, dass sie wie ein Engel in meinem Leben erschienen ist und es mit Licht und Freude erfüllt hat."

Astor schwieg und schluckte kurz, in seinen Augen erschien ein leichtes Glänzen.

„Worum hätte ich auch beten sollen?", nahm er nach einer kurzen Pause den Faden wieder auf. „Hätte ich sagen sollen: ‚Lieber Gott, nimm sie mir nicht' oder ‚Herr hilf, dass sie nicht stirbt' ? – Wie lächerlich! Wenn es diesen Gott gäbe, den man betend beeinflussen kann, dann könnte ja jeder mit seinen kleinlichen Wünschen das Weltgeschehen in seinem Sinne beeinflussen, dann wäre diese Welt ein großer Lobbybetrieb, in dem jeder versucht, die eigenen Vorteile zu verfolgen und sich durchzusetzen. Nein, dazu sind wir nicht in dieses Leben gesetzt worden.

Wir sind nur Geschöpfe in einer nicht von uns erschaffenen Welt, die, obwohl sie Kontinuität und Stabilität zu besitzen scheint, doch in jedem Augenblick neu entsteht. Wir wissen nie mit Sicherheit, was der nächste Augenblick bringen wird, und wenn wir es wüssten, ließe sich auch nichts daran ändern, denn es stünde auf jeden Fall fest. ‚Herr, dein Wille geschehe', wäre das einzig legitime Gebet. Aber das können wir uns auch sparen, denn wenn es erhört würde, geschähe alles ja genauso, wie es tatsächlich geschieht. Wenn überhaupt, könnten wir nur darum bitten – oder uns wünschen -, dass es uns gelingen möge, das, was geschieht, verstehen und bereitwillig zu akzeptieren und die darin waltende, große Weisheit zu erahnen. Wäre das nicht besser, als darum zu flehen, dass das Schicksal – oder wenn du willst: „Gott" –, sich deinen Wünschen beugen möge?

Indem es etwas mit uns geschehen lässt, sagt es doch gewissermaßen zu uns: ‚Dies ist deine Aufgabe, sie soll dich weiterbringen. Sieh zu, dass du damit zurechtkommst. Hab Vertrauen, bitte nicht, jammere nicht, öffne deine Augen und dein Herz. Dann erkennst du, dass alles, auch ohne dass du darum bittest, seinen richtigen Weg nimmt.'

Ja ja, ich weiß, solche Gedanken sind ziemlich ausgefallen und extrem. Aber stell dir nur vor, alle deine bisherigen Wünsche wären in Erfüllung gegangen – auch jene, die du hattest, als du noch nicht so klug wie heute warst. Wieviel Unfug wäre dabei entstanden! Nein, nein, es gibt eine große Ordnung, aus der wir nicht ausscheren, nicht herausfallen können, in der alles so ist, wie es sein muss, und wenn wir dies in seiner ganzen Tragweite verstehen könnten, wären wir wunschlos zufrieden.

Außerdem – ist es nicht wunderbar, dass das Leben auch ohne deine Vorstellungen, deine Wünsche, deine Verantwortung und dein Mitwirken weitergeht?"

Die Dame vom Nebentisch hatte aufmerksam gelauscht. Jetzt räusperte sie sich und beugte sich ein wenig zu uns herüber. „Entschuldigen Sie bitte, dass ich zugehört habe, aber ich konnte ja nicht einfach die Ohren schließen. Sie haben ein so wichtiges Thema angesprochen. Ich möchte darüber nicht mit Ihnen diskutieren, aber vielleicht doch aus meiner Sicht etwas zum Thema Gebet beitragen, wenn Sie erlauben."

Etwas erstaunt nickten wir.

Sie fuhr fort: „Sie meinen, das Gebet sei nutzlos, weil es im Grunde doch nichts am Gang der Dinge ändern könne und weil es keinen Gott gebe, an den man sich persönlich wenden kann. Lassen Sie mich in diesem Zusammenhang ein Erlebnis schildern, das ich letztes Jahr hatte: ich war am Abend allein im Wald spazieren gegangen, und weil ich mich mit der Zeit verschätzt hatte, begann es zu dämmern, als ich noch ziemlich weit von zu Hause war. Ich sehe in der Dunkelheit nicht mehr gut, und so stolperte ich über eine Wurzel auf dem Weg und fiel so unglücklich, dass ich mir den Oberschenkel brach. Das wusste ich in diesem Augenblick natürlich nicht, aber ich hatte so schwere Schmerzen, dass ich mich nicht mehr erheben konnte. Da lag ich nun. Ich schrie immer wieder um Hilfe, weil die Schmerzen mit jeder Bewegung zunahmen. Dabei war mir aber klar, dass um diese Zeit niemand mehr im Wald herumläuft. Wer sollte mich denn hier finden? Ich stellte mir schon vor, dass ich die ganze Nacht hier liegen müsste und vielleicht sogar verbluten würde. Sie können sich vorstellen, wie verzweifelt ich gewesen war. Ich fühlte mich so hilflos, so verlassen. Da erinnerte ich mich an eine bestimmte Situation in meiner Kindheit, in der ich auch so verzweifelt war und wieder und wieder nach meiner Mutter gerufen hatte. Ich hatte damals Glück, denn sie kam schnell und nahm mich in ihre Arme und tröstete mich. Dieses Gefühl habe ich nie ver-

gessen: diese tiefe Geborgenheit und die Erleichterung, dass
es jemanden gab, auf den ich mich verlassen konnte, der immer für mich da war. Als ich so im Wald lag, fragte ich mich
instinktiv, an wen ich mich wenden könne, wer mir helfen
würde. Meine Mutter ist nicht mehr am Leben, aber ich weiß
ja, dass es Gott gibt, an den ich mich immer wenden kann. Ich
begann also inbrünstig zu beten: ‚Lieber Gott hilf mir, lass
mich nicht hier sterben, schicke mir jemanden! Mutter, bitte
komm, hilf mir.' Ich betete ein oder zwei Stunden wieder und
wieder, und mein Denken war schließlich nur noch davon erfüllt. Es wurde immer dunkler und kälter, aber irgendwie hat
mich dieses Gebet getragen und getröstet. Ich wusste instinktiv, dass ich nur abwarten musste, denn es würde jemand
kommen. Jedenfalls war ich nicht mehr verzweifelt. Und tatsächlich, plötzlich hörte ich eine Stimme, die nach mir rief.
Das war wie eine himmlische Erscheinung. Ich konnte keinen
Ton mehr herausbringen, aber nach einigen Minuten tauch-
ten aus der Dunkelheit mein Nachbar und sein Sohn mit einer
Lampe auf. Ihr Licht erschien mir so wundervoll, wie ein Symbol alles Guten und Tröstlichen. Der Sohn lief schnell zurück,
um den Notarzt zu alarmieren. Sein Vater blieb bei mir, setzte
sich neben mich und nahm mich in seine Arme, und auf einmal war da wieder dieses Gefühl der Geborgenheit aus der
Kindheit. Was sollte mir noch passieren, wo mir der liebe Gott
diese Hilfe geschickt hatte? Einen Moment dachte ich sogar,
er sei es selbst in der Gestalt meines Nachbarn. Der erzählte
mir, er sei während des Fernsehens unruhig geworden, weil
ihm auf einmal eingefallen war, dass er kein Licht bei mir gesehen hatte. Dann erinnerte er sich daran, dass er mich in den

Wald hatte gehen sehen, obwohl es schon dämmerig wurde. Ja, meine lieben Herren, mir hat es jedenfalls sehr geholfen, dass ich gebetet habe. Meine Verzweiflung war besiegt, und Gott hat mich gehört. Wie schwer wäre das Leben, ja unerträglich, wenn ich nicht wüsste, dass er immer da ist und hilft."

Ihre Augen leuchteten. Wir waren sehr beeindruckt. Sie erhob sich. „Ich muss gehen. Aber vergessen Sie nicht: manchmal hilft es, zu beten."

Rosta stand auf und gab ihr die Hand. „Danke."

„Im Grunde ist es das Gleiche: ob man betet oder nicht betet", sagte er, als wir wieder allein waren, „solange man die Gewissheit hat, dass alles seinen Sinn hat und irgendwie gut ausgeht. Diese Dame hat sich selbst getröstet, indem sie ihr Wissen von der helfenden und liebenden Mutter auf ihr Bild von Gott übertragen hat. Eigentlich hat sie nach ihrer Mutter gerufen, und sie wird es wieder tun, ohne sich dessen bewusst zu sein. Aber es hilft ihr, und darauf kommt es an. Für mich ist das anders.

Früher habe ich es auch manchmal mit Beten versucht, aber letztlich habe ich mich dadurch erst richtig hilflos und ausgeliefert gefühlt. Heute brauche ich kein Gebet mehr. Denn ich weiß ja, dass alles auch ohne mein Bitten so kommt, wie es kommen muss und letztlich auch gut für mich ist. Das gibt mir Ruhe und Stärke."

„Willst du damit sagen, dass man sich mit allem klaglos abfinden soll? Soll ich alles Schlimme ergeben über mich ergehen lassen, und es auch noch gut finden? Sind wir denn nicht selbst unseres Glückes Schmied? Darf ich mich nicht wehren, darf ich nicht kämpfen, darf ich nicht um Hilfe rufen,?" Onkel Rostas Lebensansicht erschien mir doch etwas zu fatalistisch und lebensfremd.

„So, wie du es anscheinend verstehst, ist es natürlich nicht gemeint. Ich sehe es so: ich bin meines Glückes Schmied, aber jemand, der weiß, was richtig für mich ist, führt dabei meine Hand. Es kommt darauf an, von welcher Ebene aus du es betrachtest – von der des Ich oder des *Ich*. Auf der Ebene unserer irdischen Existenz können und müssen wir natürlich versuchen, unser Leben so zu gestalten, dass es uns möglichst gut geht. Wir müssen Ziele verfolgen, gegen Feinde und Missstände kämpfen und notfalls auch Hilfe suchen. Dabei können wir Erfolg oder Pech haben. Das ist normal. Gleichzeitig gibt es aber auch eine höhere Ebene, auf der andere Prinzipien herrschen, und wenn wir vor allem dann, wenn wieder einmal etwas schief geht und das Leiden beginnt, alles aus dieser gewissermaßen überirdischen Perspektive betrachten können, stimmt alles wieder. Natürlich nur subjektiv, nicht objektiv.

Nimm folgendes Beispiel: Ein Chirurg nimmt eine schmerzhafte Operation vor, die den Patienten rettet. Der Patient aber wehrt sich dagegen, weil es weh tut und weil er nicht weiß, wofür der Eingriff gut sein soll. Besäße er höhere Einsicht, das heißt: könnte er den Sinn der ihm zugefügten Schmerzen verstehen, so würde er sie bereitwillig auf sich nehmen. Er könnte also aus einer höheren Erkenntnisebene das, was auf der niedrigeren, verständnislosen Ebene geschieht, akzeptieren und würde, auch wenn er Schmerzen fühlte, nicht wirklich darunter leiden. Oder er könnte dem Chirurgen einfach vertrauen.

Was sollen eigentlich all unsere kleinen Sorgen angesichts der Ewigkeit, die auf uns wartet?

Ich denke, es kommt darauf an, das kleine *Ich* dem großen **Ich** unterzuordnen und den Überblick zu behalten oder zu gewinnen. Das ist zugegebenermaßen nicht einfach. Aber letztlich bleibt uns wohl keine andere Wahl, wenn unser Leben sinnvoll und lebenswert bleiben oder werden soll."

„Schöne Worte, alles nur Theorie, wer soll denn das können?", wollte ich einwenden, doch Rosta ließ mich nicht zu Wort kommen.

"Damals, in meiner schwersten Zeit, kam mir sogar der Gedanke, dass dieses Unglück eigentlich eine hohe Auszeichnung sei. Wenn dir dein Meister eine besonders schwere Aufgabe auferlegt – ist das nicht ein Grund zur Freude? Heißt das nicht, dass du Fortschritte gemacht hast und höherer Weihen würdig geworden bist? Manchmal fühlte ich mich sogar irgendwie privilegiert. Ich weiß aber natürlich, dass eine solche Erkenntnis sehr, sehr schwer ist.

Jetzt, wo es vorbei ist, bin ich dankbar für alles Schwere, das mir aufgebürdet wurde, doch ich muss zugeben, dass es, immer wenn ich mich mittendrin befand, die Hölle war. Heute kann ich nicht nur klarer erkennen, dass letztlich alles wohlgeraten und richtig ist, sondern ich kann auch das große Geschenk würdigen, das mir das Schicksal machte, indem es mir Asta gab und indem es sie mir wieder nahm."

Er verstummte wieder, und sein Blick ging irgendwo in die Ferne. Plötzlich zitierte er leise:

„Doch als du, Gott, mir alles nahmst,
da wurdest du mir erst bewusst.
Wenn wir besitzen, sind wir arm,
reich macht uns der Verlust!"

***

Nachdem Onkel Rosta verschwunden war, stieg ich jeden Abend zu seinem Haus hinauf. Eine unklare Ahnung trieb mich dazu. Ich hatte das Gefühl, dass ich dort auf etwas warten sollte. So saß ich in der Dunkelheit vor dem Haus, lauschte auf den Gesang der Nacht, betrachtete die funkelnden Sterne, nahm den Duft der würzigen Kräuter in mich auf und hörte wieder die Unendlichkeit rauschen.

In der dritten Nacht raschelte es auf einmal in den Büschen und Cato kam daraus hervorgesprungen, wild wedelnd und begeistert bellend. Wieder und wieder sprang er an mir empor und leckte meine Hand.

"Cato, du alter Herumtreiber, wo kommst du denn her?", rief ich überrascht und erfreut, "wo ist denn der Onkel?" Naja, was erwartete ich denn für eine Antwort? Ich kannte sie doch.

Cato war offensichtlich sehr hungrig, denn er fraß gierig mein gesamtes Abendessen auf. Dann legte er sich mit einem zufriedenen Grunzen auf meine Füße und blickte mich mit seinen großen, runden Augen unverwandt an, als wolle er mir etwas sagen. Ich war sehr froh und kraulte ihn am Hals. Dabei entdeckte ich, dass an seinem Halsband einen Zettel befestigt war. Eine Nachricht an mich, dachte ich sogleich. Tatsächlich: der Zettel war dicht beschrieben.

"Rosta, hast du deinen Hund jetzt zur Brieftaube umfunktioniert?", rief ich. Denn mir fiel sogleich ein, wie Astor seine Ratschläge immer mit Brieftauben geschickt hatte.

Ich holte mir eine Kerze und las:

Mein Lieber, ich schicke dir Cato, weil ich ihn bei Dir in guten Händen weiß. Er hat mich treu begleitet, aber jetzt müssen wir uns trennen. Ich spüre, dass mein Lebensweg zu Ende geht. Ich bin ein alter Elefant.

Die Krankheit, mit der ich seit Jahren kämpfe, wird den Sieg davon tragen. Aber es war ein guter Kampf, in dem ich viel über das Leben erfahren habe und gereift bin. Das klingt ziemlich abgeklärt - zum Glück bin ich das jetzt auch -, aber es gab früher natürlich oft Zeiten, in denen ich wütend, verbittert, verängstigt und verzweifelt war, in denen ich mit meinem Schicksal gehadert habe. Irgendwann geht aber auch das vorüber, denn man merkt, dass es nichts hilft. Die Lebenswirklichkeit tritt wieder nach vorn und ist gerade in ihrer Unabänderlichkeit beruhigend.

Natürlich wäre ich auch gern wieder gesund geworden, wenn dies möglich gewesen wäre. Aber offenbar war es mir nicht bestimmt. Letztlich hat mich meine Krankheit jedoch sehr bereichert. Sie hat mir Erkenntnisse ermöglicht, die ich sonst nie gewonnen hätte, und sie hat mich, indem sie mir meine Verletzlichkeit, mein Ausgeliefertsein und meine Endlichkeit bewusst gemacht hat, für etwas geöffnet, das über dieses Leben hinausgeht. Ich nenne es das transzendente Geheimnis, andere Menschen sprechen von Gott. Ist unser Leben – inklusive unserer Krankheiten - letztlich nicht der Weg dorthin und eine Art Gottessuche – für jeden auf einer anderen Route?

Man braucht dafür keine tiefgründigen philosophischen Erkenntnisse, sondern es genügt, aus ganzem Herzen zu leben und alles um seiner selbst zu tun – „con amore", wie Dostojewski es nannte. Dabei öffnet sich für uns die innere

Tür, und unsere Lebenssicht ändert sich: aus der Kurzsichtigkeit, die uns die Dinge des täglichen Lebens viel zu groß und bedeutsam erscheinen lässt, wird gewissermaßen eine Art Weitsichtigkeit, unter der sie zu Nebensächlichkeiten schrumpfen und hinter den wirklich wichtigen Aspekten verblassen. Wenn du zum Beispiel ganz im Anblick einer schönen Blume versinkst oder dich vollkommen in einem Musikstück verlierst, übertrittst du - ob du das nun mit erhebenden Worten beschreiben kannst oder es einfach als wundervoll empfindest - die Schwelle zum transzendenten Raum, der unsere eigentliche Heimat ist.

Hätte ich mich auf die Therapien, die man mir aufzudrängen versuchte, eingelassen, wäre ich zu einem entmündigten Objekt geworden. Die meisten Ärzte wollen nur alles, was unangenehm und unnormal ist, schnell und gewaltsam beseitigen, ohne zu bedenken, dass eine Krankheit auch ein Teil des Lebens ist und einen Sinn hat. Man kann sie nicht einfach daraus entfernen wie einen Schmutzfleck. Unser Organismus versucht, wenn er geschädigt wurde und krank geworden ist, sich selbst zu heilen oder wenigstens so lange wie möglich zu überleben. Er macht – ganzheitlich gesehen - immer das Beste aus der problematischen Situation, wenn man ihn gewähren lässt und ihn unterstützt. Je mehr man aber die natürlichen Prozesse behindert oder manipuliert, desto komplizierter – und übrigens auch unheilbarer – wird die Krankheit, und desto quälender und langwieriger wird oft das Sterben. Denn die Natur ist gnädig. Wenn es gar nicht mehr weiter geht, gibt sie dir einen schnellen Tod – wenn du es ihr erlaubst.

Es gibt viele wichtige Aspekte in unserer irdischen Existenz: unsere Erlebnisse, unsere Lieben, unsere Taten, unsere Gedanken, unsere Worte, aber einer der wichtigsten scheint mir zu sein, auf welche Weise wir sterben. Unser ganzes Leben ist ja der Weg zu unserem Tod. Dieser ist sozusagen die Meisterprüfung, und ich hoffe, dass ich sie würdig bestehen kann. Die Tür ist offen, aber hinausgehen müssen wir selbst.

Morgen werde ich zum letzten großen Abenteuer meines Lebens aufbrechen. Ich will selbst über meinen Tod bestimmen. Ich will bewusst und freiwillig hinübergehen und nicht als hilfloses, willenloses und würdeloses menschliches Wrack enden. Diese Möglichkeit ist eine unserer größten Freiheiten, sie ist keinem anderen Lebewesen sonst gegeben.

> *Du kamst, du gingst mit leiser Spur,*
> *ein flücht'ger Gast im Erdenland.*
> *Woher? Wohin? Wir wissen nur:*
> *aus Gottes Hand in Gottes Hand.*

Diese schönen Worte von Ludwig Uhland fallen mir gerade wieder ein. Ich gehe mit leiser Spur. Du weißt, dass ich nicht gesucht und betrauert werden will. Behalte mich in Erinnerung, wie du mich kennst.

Ich wollte dir aber noch eines sagen: **ich bin ein glücklicher Mensch.** *Ich bin mit mir im Reinen, mein Leben hat einen Sinn, ich habe die Liebe erfahren, und ich fürchte mich nicht vor dem Tod.*

Nachtrag

Es ist jetzt ein Jahr her, dass Onkel Rosta verschwunden ist. Vor einigen Wochen bekam ich die Nachricht, dass man ihn in einer abgelegenen Felsspalte im Hochgebirge gefunden hat. Es sieht so aus, als sei er dort, an einen Felsen gelehnt, eingeschlafen und erfroren. Der ewige Schnee hat seinen Körper gut erhalten.

Seither begleitet mich die Frage: Was geschieht eigentlich mit uns, wenn wir sterben? Werden wir durch unseren Tod einfach ausgelöscht? Trennt sich unsere Seele vom Körper und existiert immateriell weiter - als Geist oder als Erinnerung - oder kehrt sie vielleicht in der Form eines anderen Menschen wieder hierher zurück, um ein weiteres Schicksal zu erfahren? Oder löst sich unser individuelles Bewusstsein im universellen Weltbewusstsein auf und findet zurück zu jenem großen Geheimnis, auf dem alles beruht?

Niemand kann es mit Gewissheit sagen, aber in allen Kulturen gab und gibt es die Vorstellung einer Weiterexistenz, in welcher Form auch immer. Das heißt: im Grunde halten wir uns irgendwie für unsterblich, und da alles, was wir denken können, auch in irgendeiner Form oder Dimension existiert, sind wir es wohl auch. Besser wäre allerdings das Wort „unvergänglich", denn in dieser Welt sterben müssen wir alle.

Meine Tochter ließ sich nicht davon abbringen, mich in die Berge zu begleiten, wo ich Rosta identifizieren musste. Ich war erstaunt, welch friedlicher Ausdruck auf Rostas Gesicht lag, es wirkte fast lebendig. Noch mehr hat mich aber ihre Reaktion überrascht.

„Onkel Rasto ist doch gar nicht tot," stellte sie spontan fest, als sie ihn sah, „ich glaube, er schläft nur ganz besonders tief, und ein Teil von seinem Wesen ist gerade irgendwo anders. Wir müssen warten, bis es zurückkommt."

Ich erinnerte mich an das Gespräch, das sie damals mit Rosta geführt hatte, und versuchte ihr klar zu machen, dass das nicht möglich sei.

„Woher willst du das wissen?" entgegnete sie und ließ sich nicht davon abbringen.

Nachdem auf Verlangen der Behörden Rostas Körper verbrannt worden war, machte sie mir heftige Vorwürfe: „Jetzt kann Onkel Rastos Wesen nicht mehr in ihn zurückkommen!"

Schließlich fügte sie sich in die Tatsachen und erklärte: „Wir müssen gut aufpassen, wenn er uns besuchen kommt."

Aber ihre Sichtweise hat mir zu denken gegeben. Denn Rostas Körper sah fast so aus wie immer, obwohl er doch unzweifelhaft erfroren war. Wäre unter geeigneten Bedingungen sein „Wesen" doch noch zurückgekommen und er wieder zum Leben erwacht, wie man es bei eingefrorenen Tieren gelegentlich beobachtet? Auch menschlicher Samen lässt sich ja tiefgefroren lebendig erhalten, und es gibt glaubwürdige Berichte von Menschen, die in ihren Körper zurückgekehrt sind, obwohl er bereits einige Zeit klinisch tot war. Wo ist die Grenze zwischen Leben und Tod?

Auf jeden Fall kann man sagen, dass in der Leiche eines Menschen, die ja seine Gestalt hat, immer noch etwas von seinem „Wesen" vorhanden sein muss, dass er also noch immer existent ist. Solange unser Körper – ob lebendig oder „tot" – vorhanden ist, sind wir nicht ganz gestorben. Ließen sich deshalb die Pharaonen mumifizieren? Um niemals zu sterben? Haben auch Skulpturen, Denkmäler, Bilder und sogar Erinnerungen einen ähnlichen Effekt? Bleiben die betreffenden Menschen durch sie in unserer Welt gefangen, wie die Gespenster in den englischen Schlössern?

Was ist tröstlicher: zu wissen, dass man mit dem Tod ausgelöscht wird oder anzunehmen, dass man in irgendeiner Form weiter existiert? Vielleicht bleiben wir so lange hier, bis wir unsere Aufgaben erfüllt haben - ob "lebend" oder "tot", körperlich oder geistig, letztlich aber doch weiter existierend.

Sind wir schon frei, wenn wir „tot" sind und unseren Körper verlassen haben oder erst, wenn jede Spur, jede Erinnerung von uns aus dieser Welt getilgt ist? Und was würde eine solche Freiheit bedeuten, die wir uns eigentlich gar nicht vorstellen können, genauso, wie wir uns weder das Nichts noch die Ewigkeit vorstellen können?

Manchmal denke ich: warum Fragen stellen, die niemand beantworten kann?

"...und die Zerstörung ist die große Hoffnung..." – was meinte Rosta damit? Die Befreiung aus dem, wie Astor es ausdrückte, schwachen und unzulänglichen Körper?

„Denn, so hatte er eines Tages erklärt, „leiden tun wir ja nur in unserem Körper, nicht in unserem Geist. Leiden, sei es in Form von körperlichem oder seelischem Schmerz, entsteht immer aus den begrenzenden Gesetzmäßigkeiten in der irdischen Welt. In der geistigen Dimension aber gibt es keine Begrenzung und daher kein Leiden. Der Geist ist frei und grenzenlos. Deshalb streben ja die Buddhisten danach, endlich aus der Kette der Inkarnationen zu entkommen."

Auf jeden Fall ist Rosta jetzt von seinem Körper befreit, statt im ewigen Eis bis in alle Ewigkeit an ihn gebunden zu bleiben.

Man fand es übrigens unverantwortlich, dass er keine für diese Gegend geeignete Kleidung trug und seine Ausrüstung nur mangelhaft war. Zum Glück kam niemand auf den Gedanken, dass Onkel Rosta freiwillig den Tod gesucht haben könnte. Bestimmt wären die Zeitungen, weil er ja ziemlich bekannt war, wieder voll mit diesen törichten und moralisierenden Kommentaren über den sogenannten Selbstmord gewesen.

Jeder mag es damit halten, wie er will, aber mir scheint, dass die meisten Meinungen über den Freitod nur Ausdruck einer eigenen, uneingestandenen Angst vor dem Tod sind. Aber die Vorstellung, jetzt sterben zu müssen, während wir voll im Leben stehen, ist für uns normalerweise so abwegig, absurd und irreal, dass wir sie sogleich instinktiv abwehren. Abgesehen davon sind jedoch alle diesbezüglichen Kommentare nur reine Theorie, die man nicht ernst nehmen kann, denn man kann nicht authentisch über etwas reden, das man nicht selbst erlebt hat.

Der Mensch ist das einzige Wesen, das die Freiheit besitzt, bewusst und in eigener Verantwortung seinem irdischen Leben ein Ende zu setzen und in einen anderen Seinszustand überzugehen. Freiheit, an die man nicht gewöhnt ist, macht oft Angst. Aber Rosta hat die Freiheit gewählt.

Ich habe seine Asche unter den Vogelbeerbäumen vor seinem Haus verstreut.

Die Asche eines glücklichen Menschen.

Meine Tochter und ich steigen oft mit Cato auf den Berg hinauf, und manchmal, wenn ich abends dort vor dem Haus sitze, scheint es mir, als sei Rosta bei uns. Vielleicht ist er dieser Vogel, der dort so laut und besonders schön singt, oder die Eidechse, die sich furchtlos zwischen meinen Füßen sonnt, oder der Wind, der den alten Vogelbeerbaum so auffällig schüttelt? Und warum wedelt Cato bei solchen Gelegenheiten so wild mit dem Schwanz, als ob er sich über etwas freue?

Es gibt viele sonderbare Zeichen, die ich nicht richtig deuten kann. Aber eines Tages, so hoffe ich, werde ich sie verstehen.

Noch immer bin ich auf der Suche
und weiß noch immer nicht, wonach.